LES IMITATEURS

D E

CHARLES NEUF,

O U

LES CONSPIRATEURS FOUDROYÉS,

D R A M E

EN CINQ ACTES ET EN PROSE.

Orné de cinq Gravures.

Par le Rédacteur des Vêpres Siciliennes et du
Massacre de la S. Barthelemi.

Eh ! quoi, deux jours plus tard, tous ces forfaits divers;
Nous préparoient la mort ou nous chargeoient de fers

A PARIS,

De l'Imprimerie du Clergé et de la Noblesse
de France, dans une des caves ignorées des
Grands Augustins.

1790.

AVIS NÉCESSAIRE.

L'HISTORIEN de Charles IX a saisi la balle au
bond, et profité de la circonstance malheureuse
où se trouvoit la Nation Française pour produire
sur la scene les faits controuvés de *Charles IX*
et de son instigateur *Médicis*. L'enthousiasme
de la liberté, l'horreur du despotisme ont préparé ses succès, et l'ami *Chenier* reçoit modes-
tement un encens qui ne s'adresse pas directe-
ment à lui, ou qu'au moins il ne mérite pas.
Des invraisemblances, des incorrections, une
négligence impardonnable pour un littérateur,
voilà ce qui compose les cinq Actes de sa piece,
dont le despote barbare, qui en est le héros, est
abâtardi par un caractere de simplicité, lorsqu'au
fait il ne respiroit que sang et fureur.

Nous, ses descendans, ses imitateurs, nous
nous attendons à paroître un jour de même sur
le théâtre de la liberté, et nous répondons
d'avance aux reproches qu'on pourroit faire à
l'homme vrai qui nous a donné une seconde
vie.

Point d'unité de tems, point d'unité de lieu;

elles étoient impossibles , ou les événemens al-
térés , comme dans Charles IX , auroient fait
accuser notre Ecrivain de sacrifier la vérité aux
regles gênantes de l'éloquence. Si M. *Chenier* ne
se fut pas asservi aux entraves de la poëtique
d'aristote , la Nation Française eût au moins vu
Charles IX tel qu'il étoit , et non un manequin
ou la copie peu ressemblante d'un Roi qu'il étoit
bien intéressant de peindre par ses propres
traits.

Nous sommes modelés sur nos infâmes origi-
naux : les faits récens que nous avons tenté
d'exécuter sont encore sous les yeux, la plaie en
est au cœur et saigne encore ; ils sont dans toutes
les bouches : or , nous disputerons au Grand
Cousin le mérite de vérité ; vérité bien affligeante;
mais bien faite pour atteindre le but que notre
historien s'est proposé , celui de compilateur
sincere , et de remettre sous les yeux le tableau
cruel de nos forfaits.

A LA LIBERTÉ.

O DIVINE liberté ! charme de notre existence ! reçois, en ce jour, le pur encens d'un patriote. L'infâme despotisme t'avoit chargée de chaînes ; le Français gémissoit de ton esclavage, et se consumoit en désirs stériles d'en voir arriver la fin ; mais ta perte étoit jurée, et quelques instans de plus, l'affreux sacrifice étoit consommé.

Le citoyen s'est tout-à-coup réveillé de l'abattement où la douleur l'avoit plongé. Frémissant du coup qu'on t'alloit porter, il a volé au devant des cruels bourreaux qui t'étoient envoyés. Dégagée de tes fers, il t'a replacée dans le temple que tu ne devois plus habiter ; et la fumée des sacrifices qu'il t'a offerts, a fait fuir la rage et la barbarie.

O Crébillon ! prête-moi ton génie : que n'ai-je ta mâle et ténébreuse éloquence ! Ta sombre énergie sut inspirer la terreur ; et mon ame sensible s'effraie d'avance de la tâche terrible que je me suis imposée.

Le feu, le fer, les poignards, le poison, des cadavres sanglans, déchirés par lambeaux, et traînés sur la poussiere ; le plus horrible carnage, le secret des complots les plus atroces, la plus exécrable perfidie, l'approche de la perte totale d'une nation entiere : voilà ce que j'entreprends de tracer, et je crains que ma plume trop foible, ne me refuse son ministere.....

Auguste vérité ! préside à mes expressions ; fais passer dans mon cœur, toute ta force et ta sublimité ; ennoblis l'hommage que je consacre à la liberté.

Table des Personnages employés dans ce Drame.

LE ROI.
LA REINE.
Le comte D'ARTOIS.
Le Prince DE CONDÉ.
Le Prince DE CONTI.
La Duchesse JULES DE POLIGNAC.
Le Duc DE BOURBON.
Le Duc DU CHASTELET.
Le Prince DE LAMBESC.
Le Duc DE NOAILLES.
Le Duc D'ORLÉANS.
Le Comte DE GUICHE.
L'Archevêque de PARIS.
Le Marquis DE LA FAYETTE.
M. BAILLI, Maire de Paris.
Le sieur DUVAL D'ÉPRÉMESNIL.
L'Abbé DE VERMOND.
UN ÉLECTEUR.
DEUX COURRIERS.
Le Marquis DE LAUNAY.
Le sieur DU PUJET,
FOULON, Ministre de trente-six heures
Le sieur BERTHIER DE SAUVIGNY.
Le sieur THIERRY.
Un Grenadier aux Gardes Françaises
Troupe de Gardes et de Citoyens.

PERSONNAGES DU PREMIER ACTE.

LA REINE.
LA DUCHESSE JULES DE POLIGNAC.
LE COMTE D'ARTOIS.
LE PRINCE DE CONDÉ.
LE SIEUR DUVAL D'ESPRÉMESNIL.
UN COURIER.

L'action commence la nuit du Samedi au
Dimanche 12 Juillet.

Je ne respire plus que pour toi...
un baiser, mon bel Ange!

Acte I.er Scene 1.re

LES IMITATEURS

DE

CHARLES IX,

OU

LES CONSPIRATEURS FOUDROYÉS.

ACTE PREMIER.

Le Théâtre représente l'appartement de la Reine. Il est à-peu-près minuit. La Scene est éclairée par des bougies.

SCENE PREMIERE.

LA REINE, LA DUCHESSE JULES DE POLIGNAC.

LA REINE.

Eh bien ? ma tendre amie, ma chere Jules !

LA DUCHESSE DE POLIGNAC.

Les affaires sont dans la même position ;

Votre Majesté connoît mon zèle. Je vois avec un délicieux plaisir la fermentation s'augmenter, et la ligue devenir plus considérable. Encore quelques jours, et tous nos vœux seront comblés.

LA REINE.

Défais-toi donc, ma bien aimée, de ce titre imposant de *Votre Majesté*; il affoiblit notre intime liaison : l'union des cœurs n'admet point de distinction. La Reine, et la sujette, en confondant ensemble les transports d'une passion vive et toujours nouvelle, confondent de même la grandeur et la soumission... Ce n'est qu'au peuple que je déteste, que je prétends faire sentir ma puissance. Je le veux écraser sous le poids de ma haine.

LA DUCHESSE DE POLIGNAC.

Le ciel et la terre se sont unis pour seconder notre entreprise. L'archevêque de Paris est à nous !

LA REINE.

Excellente acquisition ! Mais comment ce dévôt a-t-il pu se prêter à nous appuyer ? J'ai toujours redouté son extrême cagoterie.

LA DUCHESSE DE POLIGNAC.

Que vous connoissez bien peu les hommes,
ma chere Reine !

LE REINE, *souriant.*

Tu le crois ! ma conduite auroit bien cependant dû te dépersuader. Mais laissons cela. Déjà
la religion nous a prêté son masque imposteur,
pour porter les premiers coups. Ce benêt d'archevêque, quoiqu'il s'y soit pris comme un
sot, a ébranlé mon époux : le Génevois est
parti. Que la foudre l'écrase en chemin, le
monstre ! Son amour pour les Français me le
rend odieux. Ce départ est le garant de notre
victoire.

LA DUCHESSE DE POLIGNAC.

Oui, d'accord; mais il existe. Ah ! ma reine,
que vous avez peu combiné tout l'avantage que
vous pouviez retirer de sa retraite. Sa mort
servoit bien plus nos intérêts que son exil. Des
gens sûrs apostés, un coup de stilet parti d'une
main déterminée.... J'ai fait venir d'Italie, à
mes frais, un homme merveilleux pour ces
sortes d'expéditions.

LA REINE.

Oui; mais Necker est adoré; il a su captiver l'amour d'un peuple imbécille : le sang laisse toujours des traces; elles auroient pu nous nuire.

LA DUCHESSE DE POLIGNAC.

A son défaut, n'avions-nous pas le poison ?

LA REINE.

J'y avois pensé.

LA DUCHESSE DE POLIGNAC.

Les plus habiles secrets me sont dévoilés. Je possede à fond l'art précieux de faire couler dans les veines un poison lent, que toutes les lumieres de nos Esculapes ne peuvent deviner.

LA REINE.

Connoît-on sa route ?

LA DUCHESSE DE POLIGNAC.

Je vous entends; je vais envoyer sur ses pas, Ou nous en serons défaits, ou nous jouerons de malheur.

LA REINE.

Je m'en rapporte à toi.... Mais d'Artois tarde bien.

LA DUCHESSE DE POLIGNAC, avec jalousie.

Quoi ? vous l'aimez encore ?

LA REINE.

Non ; mais il m'est nécessaire de le feindre. Je te l'avoue ; ce caprice commence à se passer. O ma chère Polignac ! je brûle, je ne respire plus que pour toi. Un baiser, mon bel ange !

LA DUCHESSE DE POLIGNAC, après avoir embrassé la reine.

O mon aimable et tendre reine ! combien je suis pénétrée de vos sentimens pour moi. Je suis donc certaine que vous m'aimez ?

LA REINE.

Seroit-il possible que tu en pusses douter ? N'ai-je pas tout sacrifié pour toi ! rang, grandeurs, devoir, amour conjugal, tendresse maternelle. Ne me suis-je pas rendue à tous tes desirs ? et lorsqu'un moment d'erreur me fit répondre aux carresses empressées de mon beau-frere, n'en ai-je pas gémi sur ton sein ? C'est dans tes bras que j'ai vu mon illusion se dissiper. Mais que veux-tu ? tu connois son caractere altier et tyrannique : la violence de ses passions le rend extrême. J'aurois tout à redouter

de sa vengeance, s'il remarquoit mon changement. Ma foiblesse m'a rendue son égale, et
je le connois capable d'abuser de son triomphe.

LA DUCHESSE DE POLIGNAC.

Que pourroit-il entreprendre ? Maîtresses
de ses secrets, comme lui des nôtres, nous
sommes réciproquement à craindre, et d'ailleurs
votre terreur est mal fondée. Sans être amant,
on ne peut être jaloux : le plaisir seul en a fait
votre esclave, comme la jouissance m'a rendue
la sienne. Car, vous l'avouerai-je, j'ai succombé
à ses entreprises; et maintenant d'Artois m'adore;
c'est même à cette passion, que j'ai su rendre de
plus en plus vive et peu facile à surmonter,
autant qu'à son insatiable cupidité, que nous
devons la chaleur avec laquelle il entre dans nos
vues. N'en redoutez rien, ma reine; et loin de
dissimuler avec lui, unissons-nous tous trois
intimement. Qu'une confiance aveugle regne
entre nous; que nos plaisirs soient communs;
ils n'en seront que plus piquans. N'ayant plus
à craindre désormais la froideur et la monotonie
dans nos carresses, nous ne nous reposerons
des fatigues de l'amour, qu'en travaillant avec

ardeur à détruire un peuple qui a l'insolent
orgueil de nous mépriser.

LA REINE.

Ah ! combien je le hais ! Oui , j'abhorre jusqu'au nom français ; ceux mêmes qui m'ont
promis leur ministère, me sont odieux. Avec
quelle volupté je me baignerois dans leur sang !
je verrois d'un œil sec leurs restes palpitans !
et si l'horrible carnage que je médite n'assou-
vissoit pas entiérement la fureur qui me con-
sume, au moins étancheroit-il l'ardente soif qui
me dévore.

LA DUCHESSE DE POLIGNAC.

Que je ressens vivement votre colere ! elle
m'anime et m'enflamme. Heureux cent fois
le jour et l'heure fortunée qui nous assureront
de son succès ! Périssent les indiscrets qui ont
osé blâmer nos actions ! Ne manquons pas à
notre gloire ; elle consiste à écraser une vile
populace. Eh ! que nous importe , en effet ,
la destruction de quelques milliers d'hommes ?
Paris regorge d'habitans; purgeons-en le royaume,
et assurons notre félicité.

LA REINE.

N'entends-je pas du bruit ? Ne nous laissons pas surprendre.

LA DUCHESSE DE POLIGNAC.

Eh ! quels seroient les audacieux qui oseroient l'entreprendre ! Nous avons fait naître la terreur dans tous les cœurs rebelles à nos volontés : à notre approche, l'effroi se peint sur les visages. C'est aux proscrits à trembler : mais calmez votre inquiétude. En voici l'objet : c'est notre Adonis commun.

SCENE

SCENE II.

LA REINE , LA DUCHESSE DE POLIGNAC ,
LE COMTE D'ARTOIS (1).

LE COMTE D'ARTOIS.

SALUT aux grâces. Qu'hommage vous
soit rendu , charmante reine des amours! Recevez aussi mon compliment , agréable duchesse.
Je vous voue à toutes deux un amour éternel ;
agréez le partage de mon cœur et de mes
caresses. Je vous consacre à jamais mes facul-
tés. Sortant d'avec l'une j'en ranimerai la force
dans les bras de l'autre ; et pour vous plaire , je
ferai plus qu'Hercule même.

---

(1) On sera peu étonné de voir passer alternative-
ment S. A. de l'expression libertine et du persiflage
indécent d'un courtisan sans mœurs ni délicatesse , au
langage féroce d'un bourreau du despotisme. Il ne fut
jamais agité que par les plus affreuses passions, l'ex-
travagance du jeu , le libertinage et la dissolution ,
a noire envie , et toute la rage de l'aristocratie.

B

LA REINE.

Mais c'est qu'il est charmant, duchesse. Allons, petit fripon, baisez-nous l'une et l'autre. Nous avons résolu de mettre en communauté toutes les faveurs de l'amour : il pourra vous en coûter ; mais vous êtes si libéral !

LE COMTE D'ARTOIS.

Bon ? vous vous moquez. J'ai en partage toute la vigueur germanique. Je m'en rapporte à vous, ma reine (1).

LA REINE.

Badin !

LA DUCHESSE DE POLIGNAC.

Il est vrai que ce n'est pas en français qu'il s'explique sur cet article (2). Le croi-

---

(1) Il est à présumer que le comte, par cette demande, paroissoit furieusement douter de la virginité de sa belle-sœur à l'époque de son mariage ; mais c'est le secret royal.

(2) La tribade de Polignac peut raisonner en connoisseuse sur ce chapitre ; elle a mis en usage tous les goûts, et éprouvé les habitans de tous les pays, même les valets des ambassadeurs Tipo-Sayb, les noirs Africains, &c. &c.

riez-vous , madame ? je lui ai rendu les
armes (1).

LE COMTE D'ARTOIS.

Vos louanges me font rougir.

LA REINE.

Réellement, en seriez-vous capable ? Ah!
comte, ce seroit , je crois, la premiere fois ;
mais laissons cela , occupons-nous d'affaires plus
intéressantes. Quelles nouvelles ?

LE COMTE D'ARTOIS.

Les plus agréables. Nous touchons au moment de recueillir le prix de nos soins , et voir
couronner nos travaux. J'ai à-peu-près introduit
le trouble dans l'assemblée des états. Les nobles
qui nous sont fideles , tergiversent à chaque instant, cabalent sourdement ; l'irrésolution regne,
les troupes nous sont vendues, elles s'avancent à
grands pas , leur arrivée est le signal de
la mort des Parisiens , et de la destruction
de leurs habitations ; les poignards sont

---

(1) La chose ne paroît pas probable ; car cette
moderne Messaline surpasse en lubricité la romaine
et toutes les autres.

distribués dans les mains de nos conjurés ; ils se répandent par pelotons dans le sein de la capitale. Le peuple , malgré ces mouvemens, paroît n'en pas concevoir d'ombrage ; et le roi , tranquille , n'a nulle idée de ce que nous savons entreprendre et exécuter.

LA DUCESSE DE POLIGNAC.

Brave à Cythere , ardent dans les révolutions, d'Artois est un dieu qui combat pour nous.

LA REINE.

Et Barentin , Broglie , Villedeuil , Breteuil , et le petit Berthier (1) ?

LE COMTE D'ARTOIS.

Entiérement à nous : leur ame est dans nos mains ; ils agissent , et leurs efforts ne sont pas vains. Au nom du roi qu'ils trompent adroitement , ils inspirent la terreur et l'effroi ; la consternation s'empare de

---

(1) On n'ignore pas que c'est à cet exécrable intendant que nous avons dû la securité que le roi a rémoigné sur nos malheurs ; l'infame calomnie empoisonnoit ses rapports. Louis croyoit son peuple heureux. Infortuné monarque ! combien vous êtes trompé !

tous les esprits. Comment ne pas dompter facilement une multitude abattue par le désespoir? Ecrâsée par la chûte de ses propres murailles, la canaille Parisienne se souviendra de ses épigrammes et de ses chansons. Je veux moi-même lancer les premiers feux qui embrâseront une ville dont elle est tant enorgueillie.

LA REINE.

Et MONSIEUR?

LE COMTE D'ARTOIS.

Qui? Jean-sans-souci? Oh! pour lui, il est toujours le même; il chasse, boit, mange, dort, et se tait. Oh! c'est un lourd automate, dont nous n'avons rien à redouter (1).

LA DUCHESSE DE POLIGNAC.

N'avons-nous rien à appréhender des princes?

LE COMTE D'ARTOIS.

Aucunes choses; leurs plus chers inte-

_____

(1) C'est de ces titres honnêtes qu'étoit qualifié le plus respectable des princes, par le comte d'Artois, qui en est le plus vil et le plus misérable dans les comités nocturnes et criminels dont on fit ici le detail.

rêts sont liés à notre entreprise. J'attends ici
Condé.

LA REINE.

On entre.

LE COMTE D'ARTOIS.

C'est un de nos espions à l'assemblée des
états : je le paye cher ; mais il nous sert bien.
Allons, avancez.

SCENE III.

LA REINE, LA DUCHESSE DE POLIGNAC,
LE COMTE D'ARTOIS, LE SIEUR DUVAL
D'ÉPRÉMÉNIL.

LE COMTE D'ARTOIS.

EH bien ! mon cher d'Épréménil, comment est
la situation des choses ?

LE SIEUR D'ÉPRÉMÉNIL.

Admirable, Monseigneur, admirable ; l'assemblée est muette, et paroit accablée de la plus
sombre tristesse : les Lally, les Mirabeau, les
Clermont, et bien d'autres, épuisent vainement

leur éloquence, ainsi que les Bally et la Fayette.
La crainte est générale : à l'arrivée des troupes,
l'alarme s'est répandue ; mais le roi est ferme et
persiste dans la résolution qu'on lui a fait prendre. Pardonnez mon avis, pressez la marche,
le soupçon commence à germer, des idées d'em-
bûches percent déjà ; l'heure presse.

LE COMTE D'ARTOIS.

Eh quoi ! vous aussi, d'Epréménil, vous avez
peur ? Allez, allez, rassurez-vous ; un homme
tel que vous, doit montrer plus de courage :
une poignée d'hommes armés, est suffisante pour
égorger jusqu'au dernier des habitans de Paris.

LE SIEUR D'ÉPRÉMÉNIL.

Oh ! sans doute, Monseigneur, sans doute.
Et puis ! le peuple est habitué à l'esclavage : de
la servitude à la mort, le pas est rapide et glissant.

LA DUCHESSE DE POLIGNAC.

Il est moins difficile à détruire que la plus
petite insecte.

LA REINE.

Nous touchons donc au terme de la vengeance !

LE SIEUR DE PRÉMÉNIL.

Toute la gloire en sera due à votre majesté.

SCENE IV.

LES PRÉCÉDENS, LE PRINCE DE CONDÉ;
un courrier du Prince Lambesc.

LE PRINCE DE CONDÉ.

AH! bon, je vous trouve ici, je craignois que vous ne fussiez tous retirés (1).

LE COMTE D'ARTOIS.

Je vous attendois. Quelles mesures nous reste-t-il à prendre ?

_____

(1) La familiarité avec laquelle on s'exprime ici devant la reine, ne paroîtra invraisemblable qu'aux gens dénués de raison. Confondue avec les scélérats, adoptant leurs vues criminelles, les ayant même fait naître, il n'en faut pas davantage pour faire évanouir le rang et la majesté.

LE PRINCE DE CONDÉ.

Nous avons, je crois, pourvu à tout. Mais voyez la dépêche de ce courier ?

LE COURIER, *présente une lettre au Comte d'Artois, et se retire à l'écart.*

LE COMTE D'ARTOIS, *lisant.*

« La désertion des gardes-françaises augmente
» à chaque instant ; le peuple est en fermenta-
» tion ; j'ai juré de faire pendre ceux de mes
» soldats qui seroient tentés de les imiter : mon
» avis est de profiter du moment ; le retard
» pourroit être dangereux : au surplus, j'attends
» vos ordres pour commencer l'expédition ; mes
» munitions sont considérables, et mes Alle-
» mands ne respirent que le massacre ».

Le Prince DE LAMBESC.

LA REINE, *froidement.*

Que ferons-nous des membres de l'assemblée des états-généraux ?

LE COMTE D'ARTOIS.

Nous nous donnerons le divertissement d'en fusiller quelques-uns, et le reste sera contraint de fuir, avec le regret de n'avoir pu réussir dans ses brillantes spéculations.

LE PRINCE DE CONDÉ.

Il faut renvoyer ce courier.

LE COMTE D'ARTOIS, *au courier.*

Je répondrai.

(*Le courier sort.*)

LA DUCHESSE DE POLIGNAC.

Tout est-il bien environné ?

LE PRINCE DE CONDÉ.

Absolument tout. Il est impossible de manquer l'exécution. Nous allons former une monarchie nouvelle.

LA REINE.

Que n'est-il possible d'en changer le titre ? Mais allons nous roposer sur la foi de nos précautions, et nous repaître de tous les charmes de l'espérance.

(*Tout le monde se retire.*)

Fin du premier acte.

ACTE II.

Le théatre reptésente l'apartement du comte d'Artois

LA DUCHESSE DE POLIGNAC, LE COMTE D'ARTOIS, LE DUC DE BOURBON, LE DUC DU CHATELET, L'ABBÉ DE VERMOND, LE PRINCE LAMBESC.

L'action commence dans la matinée du 31 juillet.)

SCENE PREMIERE.

LE COMTE D'ARTOIS, LE DUC DE BOURBON.

LE DUC DE BOURBON.

QU'AVEZ-VOUS, prince ? Je ne retrouve plus sur votre visage la même sérénité qui y a toujours régné.

LE COMTE D'ARTOIS.

Je ne sais. Mon sommeil n'a point été tranquille ; mille pressentimens fâcheux sont venus m'assaillir en foule ; je n'y crois point ; mais je ne puis me défendre de ces divers mouvemens. Il n'y a point à reculer. Je ne veux plus souffrir de l'incertitude ; et je commence à ne plus douter de la sûreté des avis qui m'ont été donnés.

LE DUC DE BOURBON.

Nous tardons effectivement trop. La désertion presque totale des gardes-Françaises, l'insolence effrénée d'un peuple qui a osé nous braver, tant à Paris qu'à Versailles, et sous nos yeux, me présagent beaucoup de difficultés à combattre.

LE COMTE D'ARTOIS.

Elles sont à demi vaincues. Le parisien n'a point d'armes, point de pain. Que peut-il entreprendre sans défense, et miné d'inanition.

LE DUC DE BOURBON.

Raison de plus pour augmenter son désespoir. Nous l'avons tant de fois harcelé, que, si le grand coup n'a pas tout l'effet que nous en

attendons , les suites pourroient être dange-
reuses.

LE COMTE D'ARTOIS.

Il ne sauroit manquer. Cinquante mille
hommes à ma disposition , environnent la
ville , et ferment toute issue à la retraite.
D'abord , le palais royal investi , et le massacre général de ceux qui s'y trouveront ,
comme les seuls ennemis qui puissent nous
causer quelque ombrage (1) , nous répon-
dent de la majorité du succès. Le gouverneur de la Bastille , foudroyant la populace
du haut des tours redoutables de ce château ; il ne restera d'autre ressource à ce
vil troupeau dévoué au carnage , que de se
mettre sous l'appui de leur gouverneur et
des principaux magistrats de la ville. C'est
le coup de grace. Il se prendra de cette
manière dans les filets que notre prévoyance
a rendus. Croyez - vous alors qu'il puisse se
soustraire à l'esclavage que nous lui pré-
parons ? Trop heureux de baiser la main

---

(1) Personne n'ignore qu'une tête bien chere et
précieuse au peuple , celle du duc d'Orléans , étoit
désignée par ce prince impitoyable.

qui le chargera de chaînes ; il signera de l'assu-
rance de nos droits, la renonciation à ses posses-
sions ; et sa servitude que nous aurons soin de
rendre plus accablante, sera le gage assuré du
regne invariable, de la puissance et de la grandeur (1).

LE DUC DE DE BOURBON.

Combien il est intéressant pour nous d'en
hâter l'instant !

LE COMTE D'ARTOIS.

Laissez faire. Allez ; songez seulement à bien
seconder notre entreprise, et la journée de de-
main sera funeste à bien du monde.

---

(1) Au monstrueux sang-froid avec lequel S. A.
fait l'abominable détail de cette exécrable conspiration, pourra-t-on dire, c'est un françois ? Ah ! non
sans doute. Plus farouche, plus féroce que les antro-
pophages de la Guinée, qui ne se croient point criminels, sa rage fait frémir et doit imposer silence aux
déclamateurs qui ont tiré de Barbarie les actes légi-
times de la liberté. N'étoient-ils pas indispensables
dans ces premiers tems d'horreur, où le peuple s'étoit
aveuglement jeté dans les bras sanguinaires des infâmes traîtres et des noirs conspirateurs.

LE DUC DE BOURBON.

Détruisons, sans pitié, ce peuple frivole. Nous satisfaisons à-la-fois deux passions bien chères, l'intérêt et la vengeance ; nous perçons une mine sous le trône : malheur aux contradicteurs que nous pourrions trouver ! S'ils osent s'avancer sur ses dégrés, pour contrebalancer l'effet d'une trame aussi bien tissue, que sans distinction ils soient enveloppés dans son explosion (1) !

LE COMTE D'ARTOIS.

Vous avez bien raison ; c'est-là que se trouve placé le point central de notre expédition : vous avez donc lu dans mon ame, et pénétré le secret de mon cœur ? O mon cher Bourbon ! je touche au moment de la félicité, et à celui de recueillir ses glorieuses

---

(1) Affreux projet ! c'est sous les marches du trône que l'abyme est creusé. Tremblez, tremblez, françois ; les jours d'un monarque vertueux, mais trompé, sont exposés : volez à sa défense ; veillez à sa conservation ; et par un égal retour, déchirez de même sans distinction, ces détestables tyrans, ces perfides destructeurs de votre liberté.

faveurs : c'est le *nec plus ultrà* de mon ambition (1). Aussi le premier usage que je ferai de ma grandeur, sera-t-il de verser ses dons sur ceux qui m'auront servi : je chérirai la noblesse que j'aime ; insensiblement j'anéantirai le clergé que je méprise ; et je régnerai impérieusement sur un peuple que je saurai contraindre à n'oser lever les yeux sur l'éclat dont je serai environné.

LE DUC DE BOURBON , *voyant entrer.*

Qu'est-ce ?.... Ah ! c'est monsieur l'abbé de Vermond.

LE DUC DE BOURBON , LE COMTE, D'ARTOIS, L'ABBÉ DE VERMOND.

LE COMTE D'ARTOIS.

EH bien ! l'abbé , avez-vous fait votre tour !

(1) Le bon frere ! le digne sujet ! quelle horrible créature !

l'abbé

L'ABBÉ DE VERMOND.

Oui, monsieur.

LE COMTE D'ARTOIS.

En quel état sont les esprits ?

L'ABBÉ DE VERMOND.

Toujours les mêmes, et j'en juge par la lecture que je viens de faire à sa majesté. J'ai lu cette nuit, ne pouvant me livrer au sommeil (1), m'a-t-elle dit. Les charmes que j'éprouvai à la lecture que je fis, furent si délicieux, que j'en veux repaître ma mémoire et mon cœur. Relisez-moi donc ces précieux morceaux. J'ouvre et je lis : *Massacre de la S. Barthélemi*, *et vêpres Siciliennes*. A ces seuls titres, son visage rayonna de joie, le contentement anima ses traits, et l'ivresse du plaisir brilla dans ses yeux.

---

(1) Le comte d'Artois avoit eu une nuit pareille : tel est le sort des assassins, une sombre inquiétude les dévore, ils ne jouissent plus de l'innocent repos que la vertu conserve au sein du malheur ; et leurs coups quoique funestes, partent d'une main assurée ; les plus intrépides ne peuvent échapper au frémissement de la terreur : c'est ainsi que commence leur supplice.

C

34

LE DUC DE BOURBON.

Voilà de très-heureux indices, monsieur le comte.

LE COMTE D'ARTOIS.

J'en suis enchanté ! C'est ainsi que nous la voulons. L'abbé, continuez toujours vos dissertations sur ces interressans tableaux, et comptez sur moi.

L'ABBÉ DE VERMOND.

Je n'en ai jamais douté, Monseigneur ; aussi je n'emploie mes foibles lumieres qu'à me rendre digne de votre confiance. Vous savez avec quel soin j'ai fait glisser dans son ame la vengeance et le désir du carnage. J'ai caractérisé d'équité ces actes de l'autorité. Plus de scrupule, Monseigneur, il n'en existe plus (1).

LE COMTE D'ARTOIS.

Il n'en faut point, et moins encore que jamais, dans ce moment décisif. Revolez

---

(1) Et ce monstre n'est pas à la grève ! sa tête n'est pas déposée avec celles des lâches exterminés par la justice populaire ! O vous ! qui blâmez hautement cette fureur légitime, ne seriez-vous pas vous-mêmes les bourreaux de ce traître odieux et criminel !

auprès d'elle; l'abbé, informez-la de notre empressement à la servir : je vous le répete , vos
soins ne seront pas infructueux.

L'ABBÉ DE VERMOND.

Je supplie Monseigneur de se fier à mon
zele.

(*Il sort.*)

LE COMTE D'ARTOIS , LE DUC DE
BOURBON.

CENE III.

LE COMTE D'ARTOIS , LE DUC DE BOURBON.

LE DUC DE BOURBON.

CE gueux-là m'a fait presque frémir malgré
moi.

LE COMTE D'ARTOIS.

Ne vous en avisez pas , duc ; réprimez ce
mouvement : mais vous n'y pensez pas ; ce
ne sont là que des jeux d'enfans. La puérili-
té messied à votre âge. De la fermeté ; savez-
vous qu'elle est nécessaire ?

LE DUC DE BOURBON.

Grace au ciel , je l'ai recouvrée d'abord ,

C 2

je vous l'avoue, je n'ai pu me défendre de ce
mouvement. Oui c'en est fait, j'en conviens
avec vous ; cette homme est délicieux ; admirable ; c'est un vrai trésor pour nous il faut se
l'attacher de plus en plus.

LE COMTE D'ARTOIS.

Oui, pour ces instans ; mais s'en défaire en-
suite, ainsi que de tous les obscurs agens dont
nous avons eu besoin ; voilà où doit tendre notre politique (1).

LE DUC DE BOURBON.

Supérieurement imaginé : votre génie par-
viendroit à me rassurer, si je ne l'étois déjà. Allons, point de tiédeur, et beaucoup de vigilance.

---

(1) Esclaves soumis aux loix tyranniques, criminelles et ambitieuses des grands, voyez ce qui vous
attend : d'un côté, un trépas infamant ou clandestin ;
de l'autre, l'estime et la vénération publique que
vous pourriez mériter : choisissez.

Eh quoi! Princes, vous êtes tranquilles au
moment où le sort trahit nos Espérances!

Act. 2.ͤ Scene IV.

SCENE IV.

LE DUC DE BOURBON, LE COMTE D'ARTOIS, LE DUC DU CHATELET.

LE DUC DU CHATELET, entrant
d'un air égaré.

EH quoi ! princes vous êtes tranquilles au moment où le sort trahit nos espérances !

LE COMTE D'ARTOIS.

Que dites-vous !

LE DUC DU CHATELET.

Que toute la capitale est bouleversée, que le peuple court en foule aux armes, que nos têtes sont proscrites, que le citoyen ne respire que fureur et vengeance, que tout espoir paroît perdu, et que les traits que nous voulions lancer, pourront retomber sur nous-mêmes.

LE COMTE D'ARTOIS, frappant la terre
du pied.

Rage ! enfer ! tourmens ! Non, peuple vil, tu ne jouiras pas de la liberté que

ton cœur se propose. De grace , éclaircissez-
moi ?

LE DUC DU CHASTELET.

Sur le bruit répandu de l'exil du ministre que
nous avions tant sujet de craindre , le peuple
furieux s'ameute , se rassemble et s'arme : par-
courant les divers quartiers de Paris , avec des
cris de rage , il force les gens calmes à s'unir
à ses transports désespérés. Toutes les cloches
de la capitale , par un son lugubre , inspirent
un effroi général , nos complots se répandent ,
les rues sont dépavées ; hommes , femmes , enfans : vieillards , tous veulent participer à la
défense de la nation ; et l'effroyable mot de liberté retentissant dans les airs , est la devise
qui sert à rallier cette populace mutine , qui
veut s'affranchir du joug de la dépendance.

LE COMTE D'ARTOIS.

Il ne s'en affranchira pas. Non , mes amis ,
non ; faisons mordre la poussiere à ces audacieux. Le roi est-il instruit ?

LE DUC DU CHASTELET.

Pas encore ; mais il ne peut tarder de
l'être. Le renvoi des troupes , le rappel des
ministres ; voilà ce qu'il a juré de venir

demander à versailles même à sa majesté.

LE COMTE D'ARTOIS.

Qu'on avertisse Breteuil, Barentin, Villedeuil, qu'ils dressent des ordres à l'instant ;
qu'ils les signent ; qu'ils soient envoyés ? Faisons parler le roi, enracinons la haine que
nous avons semée ; que les intéressés se joignent auprès de moi. Vous, du Châtelet (1),
volez aux troupes ; le Parisien n'est pas où il
pense. Que les armes soient resserrées avec le
plus grand soin, particuliérement aux invalides. La place n'est pas imprenable ; en cas d'é-
vénemens, la bastille nous répond de tour. Ses
canons, et les mines inconnues qui sont dans
différens quartiers, sous les trois quarts de la
ville, ne nous laissent rien à redouter (2).

---

(1) On se rappellera facilement que c'étoit ainsi
que se nommoit le lieutenant de Cartance. Quelle
conformité !

[2] Selon moi, il reste bien des précautions à prendre à cet égard. Pouvons-nous être absolument tranquilles, tandis qu'il existe une quantité prodigieuse
d'excavations, dont les issues sont presque ignorées?
Avant d'assurer les droits de l'homme, il faudroit,
je crois, travailler à en assurer la conservation.

LE DUC DU CHATELET, *à part.*

Il est bien plus prudent pour moi de penser à la retraite. (*haut.*) Je cours où vos intérêts m'appellent.

LE COMTE D'ARTOIS.

Allez. Vous, Bourbon, allez prévenir votre père. Point de lenteur ; le moment de l'exécution presse plus que jamais.

(*Les ducs de Bourbon et du Châtelet sortent.*)

SCENE V.

LE COMTE D'ARTOIS, *seul.*

RÉFLECHISSONS, avant que d'entreprendre au hazard : ou je jouis de la grandeur suprême, ou je suis livré à l'opprobre et à l'infamie. Un instant, un seul instant, va faire éclore l'une de ces deux situations ; l'extrême violence : les grands moyens peuvent me faciliter l'une, et me préserver de l'autre ; il faut en user. Si je tarde, tout est perdu. (*Voyant entrer la duchesse de Polignac.*) Ah ! duchesse, que vous venez à propos ! je suis dans une perplexité difficile à concevoir. Avez-vous des nouvelles de Paris ?

SCENE VI.

LE COMTE D'ARTOIS, LA DUCHESSE DE POLIGNAC.

LA DUCH. DE POLIGNAC, avec ironie.

Oui, Prince, j'en ai, et je viens vous en féliciter ; la reine en est enchantée : encore une journée, et les Parisiens, sur le courage desquels vous êtes mal à propos endormi, viendront présenter des chaînes à ceux qui prétendent les en charger.

LE COMTE D'ARTOIS.

Parlez-vous sérieusement.

LA DUCHESSE DE POLIGNAC.

Très-sérieusement : l'émotion d'hier n'étoit rien, ou peu de chose ; un ramas de coquins (1) a déterminé tout le peuple à la révolte. Ame pusillanime ! voilà pourtant ce qu'ont produit vos lenteurs. Que prétendez-vous faire maintenant ?

_____

(1) On observera que c'est la duchesse de Polignac qui parle.

LE COMTE D'ARTOIS.

Mais, tendre amour, eh ! quoi ?.........

LA DUCHESSE DE POLIGNAC.

Point de fadeurs ; de la force et du courage.
Ignores-tu, amant indigne de deux femmes qui
t'ont sacrifié leurs plus cheres et secrettes faveurs ; ignores-tu la haine que le François a con-
çue pour nous trois ; ce que nous devons attendre de son ressentiment ? Quel horrible traite-
ment il nous prépare ! Et tu restes tranquille
(1) ? et ta main n'est pas armée d'un triple poignard ? tu ne t'es pas encore baigné dans le sang
du peuple ! Qu'attends-tu donc ! Qu'on nous ait
arrachées l'une et l'autre de tes bras, pour nous
livrer à la vindicte publique ? Va j'attendois de
toi plus d'ardeur et d'intrépidité.

LE COMTE D'ARTOIS.

Quels reproches ? et qu'ils sont peu mérités ?

---

[1] On ne sera pas surpris de voir une duchesse de
Polignac passer successivement du langage contraint
et politique à celui d'une exécrable furie. Tel est le
caractere des mégeres de cette trempe.

LA DUCESSE DE POLIGNAC.

Eh bien ! voici le moment de me le prouver , mon cher d'Artois , ame de ma vie !
Vole à notre secours , ou nous sommes per-
dus. Nous périrons victimes de la colere de ces
malheureux.

LE COMTE D'ARTOIS.

N'en craignez rien ; ils trembleront à l'approche des forces que je vais leur opposer. Allez calmer la reine ; je cours vous préserver
du danger ; il n'est point considérable.

LA DUCHESSE DE POLIGNAC.

Notre sort est dans tes mains.

LE COMTE D'ARTOIS , *sortant.*

Ou d'Artois périra , ou ses exploits sau-
ront le rendre heureux.

SCENE VIII.

LA DUCHESSE DE POLIGNAC , seule.

JE te tiens à la fin , instrument si nécessaire à nos desseins. Par dégrés , ma sœur

(1) et moi, nous avons su t'engager au crime, et à en concevoir l'idée sans rougir. Finances épuisées pour satisfaire nos penchans, le trésor royal pillé pour les frais d'une guerre étrangere, des bons extorqués au roi, des lettres de cachet sans nombre, des ministres de notre façon, la famine dans le royaume : voilà le chef-dœuvre de plusieurs années. Nous avons tout enfanté, tout conduit ; mais l'ouvrage n'est pas consommé ; nous ne possédons encore rien. . . . . . Qu'il me tarde de voir notre vengeance accomplie ! qu'avec un transport inexprimable je verrois les Bourbons enveloppés dans les horreurs d'une guerre civile ! les Français ensevelis sous les ruines de leur ville ! ce royaume si florissant, changé en un vaste désert. Mon ame seroit satisfaite ! Oui, dussai-je périr au milieu de ce carnage, s'ils sont exaucés, mon dernier soupir sera poussé par la joie et le plaisir.

---

(1) C'est ainsi que les tribades se nomment entr'elles, ou les femmes qui, d'un accord mutuel, se partagent les faveurs d'un même amant.

SCENE VIII.

LE PRINCE LAMBESC, LA DUCHESSE DE POLIGNAC.

LE PRINCE LAMBESC.

Votre humble serviteur, aimable duchesse. Puis-je savoir où trouver son altesse ?

LA DUCHESSE DE POLIGNAC.

A donner les ordres les plus pressés.

LE PRINCE LAMBESC.

Les plus pressés ! Morbleu ! ce ne sont plus des conférences qu'il faut avoir ; il faut agir et penser maintenant autant à nous défendre qu'à attaquer : le diable a, je crois, brouillé les cartes, et soufflé à l'oreille des Parisiens, qu'il falloit employer la force pour repousser la force. J'ai mis hier en fuite (1) leur crapuleuse (2) confédération,

---

(1) Fameux exploit pour oser le citer ! Quels sont les individus que le prince Lambesc a fait fuir ! Des femmes, des enfans tranquillement à la promenade des Thuileries, des vieillards infirmes et sans défense, dont un fut massacré par ce lâche assassin ! qui ne fuiroit pas à l'aspect d'un brigand écumant de rage, et sans pitié ! Vantez-vous donc, indigne ministre des volontés d'une femme barbare et impitoyable !

(2) Pauvre tiers ! hélas comme vous êtes traité !

mais aujourd'hui je ne m'y frotterai pas.

LA DUCHESSE DE POLIGNAC.

L'émotion seroit-elle augmentée ?

LE PRINCE LAMBESC.

Elle est générale, tous les citoyens se sont armés comme ils ont pu, et ont arboré la cocarde verte. Rendus à l'hôtel-de-villes, ils s'emparent de toutes les munitions qu'ils peuvent trouver ; les grains ne sortent plus de la ville, toutes les voitures sont arrêtées : en cas d'accident, la fuite ne nous sera pas facile, si l'on met de la mollesse dans l'exécution. Du sang ! morbleu ! du sang ! Il en faut des fleuves pour arrêter le cours imprévu de ce torrent fougueux ; sinon tout est perdu.

LA DUCHESSE DE POLIGNAC.

N'avons-nous pas les troupes du champs de Mars ; des canons, de la poudre, et les forces que nous attendons ?

LE PRINCE LAMBESC.

L'exemple qu'ont donné les gardes-françaises, est devenu contagieux pour las autres soldats. Beaucop ont déjà déserté leurs

---

at par qui? Croyez-moi, ne remettez pas encore le réverbere.

drapeaux. Je vous le répete, si nous ne marchons promptement au-devant des Parisiens, si
nous ne pouvons réussir à les retrancher près
de la bastille où nous pourrons les détruire sans
peine ; il n'y a plus d'espoir.

LA DUCHESSE DE POLIGNAC.

Allez retrouver le comte d'Artois ; confirmez-
lui ces désagréables vérités ; démontrez-lui la
nécessité d'agir , et de profiter sur-tout du désordre où le peuple est probablement encore ;
et espérons qu'avec le secours de nos alliés
répandus au sein de la capitale , nous ne tarde-
rons pas à voir un changement heureux dans
nos affaires.

LE PRINCE LAMBESC.

Je n'épargnerai rien pour vous prouver mon
attachement.

(*Il sort.*)

SCENE IX.

LA DUCHESSE DE POLIGNAC , seule.

Et la destruction de ce peuple que nous
détestons , pourroit échapper à nos desirs !
Non , plustôt mourir mille fois que de ne

pas recueillir le fruit de tant de peines, de soins et de précautions. Si la cabale est vaincue, je périrai de rage ; mais au moins ne serai-je pas la seule victime d'un événement aussi inattendu ! Cette douce idée me fait envisager le trépas sans horreur ; et le sang que nous aurons fait répandre, est d'avance ma plus chere consolation.

Fin du second Acte.

ACTE III.

Point de grace, au gibet, toi et tes semblables.

Act. III. Scene XV.

ACTE III.

Le Théâtre represente l'Intérieur de l'hôtel-de-ville.

LE SIEUR DE FLESSELLES , *Prévôt des marchands.* LE MARQUIS DE LAUNAY, *Gouverneur de la Bastille.* LE SIEUR DU PUJET, *Sous-Gouverneur.* UN ELECTEUR; UN COURIER DE LA REINE. UN COURIER DU SIEUR DE FLESSELLES , *déguisé.* TROUPE D'INVALIDES. TROUPE DE CITOYENS. UN GRENADIER AUX GARDES FRANCAISES.

(*Cet Acte occupe la journée du mardi* 14 *juillet, et la nuit de ce même jour au mercredi* 15. *Quoique tous les papiers publics en ayent fourni des détails, on ne sera, je crois, pas fâché de suivre cette atrocité dans tous ses points*).

D

SCENE PREMIERE.

LE SIEUR DE FLESSELLES, LES ÉLECTEURS,
TROUPE DE CITOYENS.

LE SIEUR DE FLESSELLES, au peuple.

GÉNÉREUX défenseurs de la patrie, qui vous
êtes rangés sous les drapeaux de la liberté, la
nation va vous devoir sa régénération: mais, au
nom de ses plus chers intérêts, que la prudence
regne dans vos résolutions; qu'une promptitude
mal entendue ne détruise pas votre espoir en un
seul instant. Les passions irritées ne sont susceptibles d'aucuns conseils (1), j'en conviens; mais votre intérêt m'engage à vous

---

(1) A-t-on vu jamais l'exemple d'un pareil arti-
fice ? Aristocrate infâme, tu couvres ta perfidie d'un
voile d'autant plus atroce, que tu parois désirer le
bonheur d'un peuple qui t'a confié sa destinée. Dis-
moi, infernal bourreau du despotisme, est-ce le
moment de réfléchir, quand le glaive est suspendu
sur notre tête, et que l'on ne nous laisse d'autre
choix qu'un affreux esclavage, ou la mort?

supplier de calmer votre fureur, de laisser un
certain temps......

UN ELECTEUR (1).

C'est où je vous arrête. Un tems ?.... En
est-il à perdre ? L'orage gronde sur nos têtes ;
il est prêt à fondre ; et nous ne profiterions
pas de l'abri qui nous est offert par la valeur et
la raison ! Depuis quand le peuple doit-il aller
au devant des fers qui lui sont destinés par des
brigands ? En faveur des tyrans insatiables, ravisseurs de nos biens, ils attentent encore à notre
notre liberté. Suivez l'imprudent conseil qui
vient de vous être donné. Laissez un certain
tems ? ...... Alors, chargés de chaînes que le
temps ne pourra jamais rompre, vous verserez
des larmes ameres sur votre sort affreux. Vos
enfans, esclaves dès le berceau, seront, ainsi que
vous, soumis à des loix tyranniques. Le caprice,
bien plus que l'équité, disposera de votre vie.
Plus de jouissances effectives ; on vous en dépouil-
lera petit-à-petit. Le monarque séduit, trompé

---

(1) Nous regrettons de ne pouvoir offrir aux lec-
teurs le nom de ce citoyen patriote. Nous obéissons
à sa modestie, et nous avouons que c'est à grand regret.

par les monstres qui l'entourent, par les princes qui, loin de l'éclairer, ne cherchent qu'à le corrompre, fermera totalement les yeux sur votre situation. Après votre victoire, la maintenue de vos droits, l'extinction de la tyrannie, la destruction des oppresseurs, gémissez des moyens qu'on vous aura contraints d'employer; mais ils sont naturels.

LE SIEUR DE FLESSELLES.

Est-ce ainsi, Monsieur, que vous vous montrez ami de la paix ?

L'ELECTEUR.

Est-ce ainsi qu'on nous la propose ! et nos demandes sont-elles injustes et bizarres, au point d'être répondues le sabre à la main ? Quel en est en effet le but ? D'obtenir le renvoi d'une troupe choisie avec dessein, parmi des barbares; le renvoi des lâches ministres, vendus aux illustres auteurs de nos miseres et de nos calamités ; la diminution du pain, que nous mendions, pour ainsi dire, à genoux dans un royaume fertile et abondant ; que nous nous plaignons avec raison de la famine occasionnée par la rapacité et le coquinisme des grands ; que l'ordre le plus puissant et le plus riche du royaume, ruine et avilit le plus pauvre ; qu'il a juré notre perte, et que nous y touchons.

LE SIEUR DE FLESSELLES.

Qui peut autoriser la vérité de ces assertions ?

L'ÉLECTEUR.

Qui peut l'autoriser ! Tout. Le luxe effréné d'une femme orgueilleuse et puissante, la scélératesse d'un contrôleur, couvrant ses odieux larcins par des dons complaisants, reçus par cette même femme dont le jeu seul est un gouffre suffisant pour engloutir les richesses de la France. Un dépôt nécessaire à l'existence du peuple, passe entre les mains d'un monarque qui nous hait et nous méprise. Rien ne peut plus suffire à la cupidité des grands ; ils étendent leurs droits injustes, et nous retracent toute la barbarie du gouvernement féodal. Chacun d'eux, suivant sa force ou son crédit, vexe ses vassaux et ses voisins, établit de nouvelles tailles, de nouveaux péages et de nouvelles corvées. N'en doutez pas, peuple qui m'écoutez. La noblesse, en partie, est cruelle et sanguinaire. Elle s'est fait un point d'honneur de ne point se soumettre

aux loix de l'équité. Elle vient achever avec le
fer et la flamme, ce qu'elle a commencé par
le poison. Le clergé qui massacra vos ancêtres
au nom de l'Être Suprême, par une liaison d'intérêts, s'est servi des équivoques multipliées de
la religion, pour étouffer les scrupules et engager les plus foibles de cette monstrueuse cabale
à commettre des crimes qu'ils traitent de rémis-
sibles. Ce n'étoit pas assez de ces deux ordres
contre vous; à ces deux ennemis déclarés de
votre félicité s'est joint une partie de la magis-
trature et des particuliers opulens. Ce n'étoit
pas non plus suffisant pour les fermiers géné-
raux de s'abreuver du plus pur de votre sang;
ils vous ravissent vos grains, les magasinent et
les exportent. Dans l'occurence de cette calamité, un parlement cesse d'être votre soutien et
votre protecteur. Il envoie au gibet le malheureux que l'indigence contraint à dérober. Avec
le sang-froid et la noirceur du crime réfléchi,
il signe leur arrêt de la main qu'il signe le trait
secret qui les unit à ces détestables accapareurs.
Voilà l'image des fléaux que vous avez éprou-
vés, Français; n'en attendez que de plus affreux, si vous vous livrez à l'indolence. Suivez,
suivez l'avis d'un de vos freres ; exécutez vos

premiers desseins , tandis qu'il en est temps encore (1).

TOUS LES CITOYENS, *d'un cri général.*

Allons , mes amis , aux armes ! aux armes ! courons d'abord aux invalides.

L'ÉLECTEUR.

J'applaudis à ce dessein ; le patriotisme seul a pu le suggérer. A quoi sert en effet cet amas formidable de lances, d'épées et de canons destructeurs , au sein de la capitale ? Quels bras en veut-on armer, si ce ne sont ceux de nos ennemis ? Forcez les arsenaux ; emparez-vous des armes que vous y trouverez ; sur-tout ne vous en dessaisissez pas ; elles doivent être le premier gage de votre liberté. Chaque citoyen , suivant la constitution de la monarchie, est déclaré homme libre. Ah ! que plutôt périssent tous les tyrans de la nation, que de vous laisser déposséder d'un titre si précieux !

TOUT LE PEUPLE.

Aux armes ! mes amis , aux armes !

---

(1) Avis bon à suivre dans tous les temps.

L'ÉLECTEUR.

Vous possédez ici assez de munitions pour rendre feu pour feu. Allons, du courage, braves citoyens ; la grandeur et la rage ministérielles nous envoient une troupe considérable d'assassins féroces. Nous lui opposerons un nombre équivalent de patriotes ; une lâche obéissance ne les conduira point au combat ; chacun de vous défendra sa propre cause. Ayez toujours ce principe devant les yeux, et que votre dernier effort, pour compléter la victoire, soit suivi de votre dernier soupir.

LE PEUPLE, *claquant des mains.*

Bravo ! Bravo !

LE SIEUR DE FLESSELLES.

Monsieur, vous parlez comme un général d'armée.

L'ÉLECTEUR.

Non, Monsieur ; mais je parle en homme libre, qui a voué son ame à Dieu, son cœur à son roi, et son rang à la nation.

TOUT LE PEUPLE.

Bravo ! Bravo !

L'ELECTEUR.

Allons, enfans de la victoire, courez aux armes.

TOUT LE PEUPLE.

Aux armes ! mes amis, aux armes !

L'ELECTEUR.

Un mot, mes amis : avant tout, déchirez et foulez aux pieds la cocarde que vous portez. Sa couleur est la livrée d'un des plus cruels aristocrates de ce tems, de l'auteur des maux que nous éprouvons (1). Désormais, portez-en une rouge et blanche. Le blanc, symbole de la pureté de votre intention, et de l'authenticité de vos droits ; et le rouge, celui du sang coupable et vil que vous allez verser ; puisque votre affreuse situation ne vous laisse pas d'autres moyens.

TOUT LE PEUPLE.

Déchirons, déchirons.

L'ELECTEUR.

Velez où l'honneur vous appelle.

---

(1) La livrée d'Artois est verte.

TOUT LE PEUPLE, *se retirant en foule.*

Courons à la liberté.

(*Le peuple se retire pour aller aux invalides*).

SCENE II.

LE SIEUR DE FLESSELLES , L'ELECTEUR ,
Troupe de Garde Bourgeoise.

LE SIEUR DE FLESSELLES.

MAIS , Monsieur, il faut que vous comptiez beaucoup sur le succès de vos inductions !

L'ELECTEUR.

Pourquoi cela, Monsieur ?

LE SIEUR DE FLESSELLES.

C'est que vous ne paroissez pas allarmé du danger qu'il y auroit pour vous dans le cas contraire.

L'ELECTEUR.

Monsieur , le danger réel n'est que pour les traîtres , et je ne le suis pas. J'en connois plus d'un qui le redoute plus que moi.

(*Regardant fixement le prévôt des marchands*).

Et vous, Monsieur ?

LE SIEUR DE FLESSELLES, *froidement.*

La trahison est si éloignée de mon cœur, que j'ai peine à la soupçonner dans autrui (1).

(*Une patrouille bourgeoise emmene un courier de la Reine, arrêté sur la route de Versailles*).

SCENE III.

LES PRÉCÉDENS, UN COURIER DE LA REINE,
Garde Bourgeoise.

LE SIEUR DE FLESSELLES.

QUEL est cet homme ?

UN GARDE.

Courier de la Reine.

LE SIEUR DE FLESSELLES.

D'où venez-vous ?

LE COURIER.

De Versailles.

---

(1) Tout Paris retentissoit de l'éloge du mérite et de la vertu du prévôt des marchands. Un instant l'a détrompé. Après cela, fiez-vous à l'apparence.

LE SIEUR DE FLESSELLES.

Où alliez-vous lorsqu'on vous a arrêté ?

LE COURIER.

A Chantilly.

LE SIEUR DE FLESSELLES.

Avez-vous quelque paquet ?

LE COURIER.

Une seule lettre.

LE SIEUR DE FLESSELLES, à l'Électeur.

Est-il dans l'ordre de s'en saisir ?

L'ELECTEUR.

Pouvez-vous balancer, dans ce moment orageux où la moindre notion peut être nécessaire au salut de la patrie ! La saisir, en faire la lecture, la communiquer au peuple : voilà votre devoir, celui d'un citoyen. Oublions la majesté, quand la majesté s'oublie elle-même.

LE SIEUR DE FLESSELLES, au Courier.

Donnez-la moi.

LE COURIER.

Mais, Messieurs....

L'ELECTEUR.

Donnez, vous dit-on. Vous êtes maintenant entre les mains de la nation, qui sauroit vous punir de la moindre résistance. Cependant rassurez-vous, vous êtes sous la sauve-garde de la justice et de l'humanité.

(Le courier donne la lettre. Le prévôt des marchands rompt le cachet).

LE SIEUR DE FLESSELLES, *l'ayant ouverte,*
la présente à l'Electeur.

Elle est en chiffres.

L'ELECTEUR, *examinant.*

Perfide invention ! inventée par la trahison et la calomnie ; et c'est une reine qui t'emploie, qui se compromet à ce point avec son sujet, qui entretient avec lui une correspondance mystérieuse ! Ces carastères, n'en doutons pas, recelent l'intelligence du crime. Qui pourra nous la dévoiler ? En attendant cet avantage, que cet homme soit resserré étroitement, afin d'en tirer quelques lumieres.

UN GARDE.

Le peuple demande sa mort.

L'ELECTEUR.

Elle seroit injuste ; je vais lui démontrer. On n'est coupable, en obéissant à des ordres barbares, qu'autant qu'on est soi-même le ministre de la barbarie : sa détention suffit.

LE SIEUR DE FLESSELLES.

N'est-ce pas trop hasarder ?

L'ELECTEUR.

Mais à quoi pensez-vous donc, homme foible et entêté ? A quoi tend ce vain res-

pect ? A la place des émissaires, que ne tenons-
nous ceux qui les chargent de leurs iniques
secrets ? L'indigne conspiration échoueroit sans
répandre de sang.

LE SIEUR DE FLESSELLES.

Vous avez beau dire, je ne prends pas cela
pour moi.

L'ÉLECTEUR, *d'un ton imposant.*

Je le prends, moi. (*A la garde bourgeoise*).
Qu'on l'emmène.

*Un bruit confus d'acclamations se fait entendre.
Il est produit par l'arrivée des citoyens armés, revenant des Invalides avec les canons
et autres artilleries de cet hôtel. Ils entrent
à l'hôtel-de-ville, drapeaux déployés.*

SCENE IV.

LES PRÉCÉDENS, TROUPE DE CITOYENS,
ÉLECTEURS.

L'ÉLECTEUR.

Eh bien ! mes chers compatriotes, vous revenez
donc triomphant ?

UN CITOYEN.

Graces au ciel, et sans avoir éprouvé

rien de sinistre; nous jouissons de la douce satisfaction de ne point avoir été contraints d'employer la violence.

LE SIEUR DE FLESSELES.

Quoi ! Monsieur de Sombreuil a laissé tranquillement enlever une artillerie dont il est responsable à sa majesté ? La nation lui en saura un gré infini; mais qu'en pensera la cour ?

L'ELECTEUR.

Que vous importe, Monsieur, ce qu'elle en pense ? Il est, à la vérité, comptable de ses actions envers des ministres pervers, qui ne manqueront pas de l'accuser d'infidélité; mais le roi est bon, sensible généreux. Lorsque son peuple qui l'adore, malgré sa malheureuse confiance en des scélérats, aura recueilli le prix de ses courageux efforts, que les yeux du monarque seront dessillés, que la bassesse, l'adulation, la tyrannie seront exilées loin de sa personne sacrée ; qu'il reconnoîtra que les rois savent mal ce qu'ils doivent desirer ou craindre pour la grandeur d'une nation, quand, par une heureuse constitution, l'état n'est pas lui-même l'appui et le garant de leur fortune ; il nous pardonnera à tous une entreprise nécessaire ; il rejettera de son sein les monstres qui méditent notre ruine depuis si long-temps ; il nous rendra un pere chéri , et ses enfans béniront à jamais l'instant heureux où ils se précipiteront à ses pieds.

UN CITOYEN.

C'est en effet le vœu le plus ardent que forme notre cœur. Nous maudissons les traîtres qui ont fait naître la dure nécessité à laquelle nous sommes réduits. Quelle horreur, grand Dieu ! et quelle alternative ! Massacrer, ou se résoudre à l'être.

L'ELECTEUR.

Ne vous arrêtez point à cette réflexion, mes amis : il vous reste encore bien des travaux à opérer ; voici le moment du courage. L'entreprise est périlleuse ; mais votre gloire en sera plus éclatante. Des lauriers vous attendent à la Bastille, si vous parvenez à faire ouvrir les portes de cet infernal séjour, de ce gouffre où l'innocence a tant de fois terminé sa carriere ; les fers de la liberté seront brisés , et nos lâches tyrans seront à nos genoux.

LE SIEUR DE FLESSELLES.

Ainsi vous les envoyez à la boucherie.

L'ELECTEUR

L'ÉLECTEUR.

Il en coûtera du sang, je m'y attends, et j'en frémis d'avance ; mais l'action est nécessaire : d'ailleurs, l'exemple du gouverneur des Invalides peut intimider celui de la Bastille.

LE SIEUR DE FLESSELLES.

Les différens assauts que ce château imprenable a reçus, ont causé la mort à tous ceux qui ont eu la témérité d'en hazarder la prise. Tremblez, citoyens ; vous courez à votre perte. Vous allez exposer vos jours qui sont nécessaires au centre de la ville, pour commettre un acte de démence. En suivant cet avis, vous périrez tous infailliblement.

UN GRENADIER aux Gardes Françaises.

Eh ! ventrebleu, Monsieur le prévôt, gardez votre éloquence pour haranguer des marchands ou des mariniers ; des guerriers n'en ont pas besoin. Un instant a formé des héros d'autant de citoyens que nous sommes. Eh ! pourquoi regretterions-nous la vie, si nous sommes obligés de la passer dans une dépendance honteuse, et à fléchir le genou devant les destructeurs du plus précieux de notre existence ? Péris-

E

sons, s'il le faut ; mais en braves , et non pas
par le fer de ses perfides assasins. Camarades ,
chers camarades, ne laissons pas refroidir notre
ardeur ! Marchons à la Bastille ; détruisons cet
horrible ouvrage du despotisme. Je ne vous demande d'autre grace, que l'honneur de périr le
premier sur la brèche. Mon corps vous servira
de rempart.

TOUS LES CITOYENS.

Nous suivrons votre exemple.

L'ÉLECTEUR.

O généreux citoyen ! grand homme ! votre
nom s'immortalisera. C'est au nom de la patrie
que je vous remercie de vos dignes sentimens.
Chers amis, le temps est précieux , il faut l'employer.

TOUS LES CITOYENS.

A la Bastille ! à la Bastille !

> [*Les troupes militaires et bourgeoises*
> *se retirent pour l'expédition de la Bas-*
> *tille* (1).

---

(1) Je saute sur l'événement de la prise ou plutôt
du miracle de la Bastille : les relations qui en ont été
données au public, s'uffisent pour son instruction. Ce
prodige glaça le sang des aristoctates, principalemen

SCENE V.

LE Sr. DE FLESSELLES, L'ÉLECTEUR,
GARDE BOURGEOISE

LE Sr. DE FLESSELLES.

CROYEZ-vous qu'ils en reviennent ?

L'ÉLECTEUR.

Tenez , Monsieur de Flesselles , permettez-
moi de profiter du moment que nous sommes
à peu près seuls , pour vous parler avec fran-
chise. Je rougis d'être obligé de vous faire l'a-
veu de mes sentimens à votre égard ; mais ,
soit pusillanimité, soit trahison , je vous crois
un des plus zélés partisans de l'aristocratie.

LE Sr. DE FLESSELLES.

Monsieur ! . . . . . .

L'ÉLECTEUR.

J'ai lâché le mot , Monsieur , et suis prêt
à le répéter. Un pressentiment secret me

---

celui de l'illustre et méprisable chef de ce parti : à
cette nouvelle il resta plus de deux heures sans pouvoir proférer un parole.

force à redouter votre foiblesse et à la croire
suspecte. . . . .

LE Sr. DE FLESSELLES.

Mais, ma conduite.

L'ÉLECTEUR.

A paru irréprochable jusque alors, j'en conviens; mais seriez-vous le premier dont l'ambition et une complaisance criminelle, auroient
terni en un instant l'éclat d'une bonne renom-
mée, sans vous parler des premieres personnes
du royaume, vomies par les enfers, pour se li-
guer contre le souverain et détruire la nation,
dont toutes ces actions ont fait preuve d'atrocité? Voyez une petit portion de grands, ado-
rée du peuple, tout-à-coup se parjurer et offrir
servilement sa voix à l'oppression; un imbécille d'archevêque porter à la nation le coup le
plus d'angéreux, en faisant parler une religion dont il abuse, se jouer de la pieuse crédulité d'un roi, pour former la disgrace d'un
ministre vertueux; un Condé, jadis le protecteur, l'ami du peuple, en devenir, pour ainsi
dire, le bourreau; combien d'autres, se livrer à
l'imitation, et trahir indignement une nation
soumise à leur intendance et à leur gouvernement.

LE SIEUR DE FLESSELLES.

Ils obéissent au roi.

L'ÉLECTEUR.

Ils le perdent.

LE SIEUR DE FLESSELLES.

Ne devons-nous pas une aveugle soumission à ses ordres ?

L'ÉLECTEUR *avec fermeté.*

Non, quand ils sont cruels et injustes ; mais vous n'en avez jamais reçu de tels de sa part. Il est obsédé de traîtres, qui agissent en son nom, et qui joignent à la liste immense de leurs odieux forfaits, celui de revêtir du nom de Louis, les plus noirs décrets du despotisme et de la barbarie, la France a presque toujours été en proie à l'ambition et à la fureur ministérielle, et maintenant plus que jamais. Ces passions ont régné impérieusement dans l'ame des Mazarin, Richelieu, saint Florentin, Brienne, Breteuil, Broglie, Villedeuil, etc. La cour est un repaire de brigands, qui se partagent journellement les dépouilles des citoyens. Les scélérats ! ils ont empoisonné Maurepas, fait éxiler Necker ; et les traîtres agioteurs des biens de la vie et de la liberté publiques

s'asseyent insolemment sur les dégrés du trône,
et font résider le crime à la place des vertus.

LE SIEUR DE FLESSELLES.

Monsieur, vos principes sont séveres.

L'ÉLECTEUR.

Et les vôtres, s'ils ne sont affreux, sont au
moins nuisibles. Je suis humilié de vous les re-
tracer. Je n'ose me livrer à l'idée qui m'est ve-
nue, que vous aviez vendu votre roi aux monstres qui nous oppriment ; mais je juge ainsi votre ame : vous vous rangerez sous les drapaux
du plus fort ; votre foiblesse en est un sûr témoi-
gnage. Dès-lors votre conduite est fausse. Quant
à moi, dussai-je expirer par la main des bourreaux, dans les plus affreux tourmens, j'essaye-
rois de frapper les premiers coups, en bénissant
le sort qui m'auroit destiné à mourir martyr du
patriotisme et de la liberté.

LE SIEUR DE FLESSELLES.

Je puis vous démontrer. . . . . .

L'ÉLECTEUR.

Rien, Monsieur. J'ai lu dans votre cœur,
je vous abandonne à votre infâme systéme.
Je vais vaquer aux soins qu'exige la circonstance ; mais songez que je vous observe.
Tremblez d'être découvert, reconnu pour

traître. Un supplice infâme purgera la terre d'un
monstre de plus. (*Il sort.*)

SCENE VI.

LE SIEUR DE FLESSELLES, *seul.*

IL m'a pénétré ; il périra. Moi-même, dans
l'action, je le veux immoler à ma vengeance.
Le trouble assurera l'exécution de ce projet.
Point de réponse de Versailles. L'exprès que
j'y ai envoyé ce matin, auroit-il, malgré mes
précautions, échoué dans sa mission ? Au surplus, ma sage prévoyance me met à l'abri du
soupçon. . . . . Graces au ciel !
Le voici.

SCENE VII.

LE SIEUR DE FLESSELLES UN COURIER
DÉGUISÉ.

LE SIEUR DE FLESSELLES.

AVEZ-vous réussi ?

LE COURIER.
Au-delà de vos vœux.

LE SIEUR DE FLESSELLES.

La reponse ?

LE COURIER.

La voici.

LE SIEUR DE FLESSELLES.

Donnez, et retirez-vous.

(*Le Courier sort.*)

SCENE VIII.

LE SIEUR DE FLESSELES, seul.

VOYONS ce que m'écrit S. M. ? (*Il lit.*)
« Mon cher de Flesselles? (*s'interrompant.*)
» Mon cher de Flesselles ! (1) O précieuse faveur ! que j'en ressens vivement le prix. Fortune, grandeur, je vais être comblé de vos dons.
Lisons. (*Il lit.*) « Mon cher de Flessselles, j'ap-
» plaudis à votre conduite, et à la maniere mys-
» térieuse avec laquelle vous enchainez la fougue
» audacieuse des Parisiens : ils en seront punis.
» Un secours considérable doit, à l'approche
» de la nuit, investir la ville, et fondre sur

(1) Rien n'a jamais si bien rapproché les condi-
ions, que l'infamie et la scélératesse.

» cette canaille. Continuez, sous différens pré-
» textes, à attirer et conserver les munitions. La
» reine vous assure de sa protection, ainsi que
» moi ».

Charles-Philippes, Comte D'ARTOIS.

Et je m'en rendrai digne. J'avois quelques
scrupules; mais voici qui les étouffe entiérement. Au fond, pourquoi en aurois-je? Est-ce
à nous autres à examiner et à juger la conduite
des grands? Oh! très-certainement non. . . .
D'ailleurs le peuple ne peut résister; ainsi, tout
considéré, il vaut mieux suivre César et sa fortune. (1) Qu'est-ce!

SCENE IX.

LE SIEUR DE FLESSELLES, UN COUR-RIER, *venant de la Bastille.*

LE SIEUR DE FLESSELLES.

QUE voulez-vous

LE COURIER.

Vous remettre cette lettre du marquis de
Launay, et en attendre la réponse.

_____

(1) A ce compte-là Mandrin peut être nommé de
même.

LE SIEUR DE FLESSELLES.

Voyons.

« Je viens de mettre en usage une ruse de
» guerre, perfide à la vérité, et ordinairement
» traitée et punie comme haute trahison : en
» arborant le pavillon blanc, j'ai enveloppé une
» partie des revoltés dans le piége où leur bon-
» homie s'est laissée prendre ; mais loin que
» ce trait ait rallenti leur courage, il redou-
» ble de plus en plus, et je commence à re-
» douter leur incroyable valeur. Je fais des-
» cendre le plus vivement qu'il m'est possible
» dans les souterrains, la poudre qui est en ma
» puissance : à la derniere extrémité, j'y met-
» trai le feu ».

DE LAUNAY.

Suivant les apparences, ceci devient sérieux.
Répondons sur le champ.

« Votre lettre m'étonne, Monsieur ; mais
» elle ne m'inspire par la même crainte
» que celle que vous ressentez. Continuez
» votre vigoureuse défense, et soutenez de
» tous vos efforts encore quelques heures. La
» lettre que je vous envoye et que je viens
» de recevoir, nous assure un secours certain. Je

» puis, je crois prendre sur moi de vous don-
» ner tout à espérer de la faveur de mes illustres
» protecteurs, en récompense de votre sage et
» honorable conduite ».

LE Sr. DE FLESSELLES.

[*Il plie la lettre et la donne au courier.*]

LE SIEUR DE FLESSELLES.

Portez cette réponse en toute diligence.

SCENE X.

LE SIEUR DE FLESSELLES, *seul.*

La chance tourneroit-elle ? me serois-je livré trop tôt au doux espoir de voir foudroyer
le peuple, et de recevoir le prix mérité des
soins que je me suis donnés. De la prudence
en pareil cas. Revenons sur nos pas. Montrons
en apparence un peu plus de chaleur pour les
intérêts nationnaux. Je serai toujours à même
de varier, suivant la circonstance. Mais, quel
bruit entends-je ?......

(*Il se fait alors entendre une grande ru-
meur dans la place de grève, et l'on
entend ces cris.*)

TOUS LES CITOYENS

Au secours; mes amis, au secours, à la Bastille, nos braves gardes françaises sont massacrés.

LE SIEUR DE FLESSELLES, *ayant enten-*

du ces clameurs.

Agréable nouvelle ! elle enchante mon cœur.

SCENE XI.

LE SIEUR DE FLESSELLES, L'ELECTEUR,

GARDE BOURGEOISE.

L'ELECTEUR.

A H ! monsieur, quel affreux événement ! nos citoyens, nos amis, nos freres, périssent victimes du plus abominable forfait.

LE SIEUR DE FLESSELLES, *dissimulant*

à peine sa joie.

Je l'avois prédit, mais votre zele inconsidéré a précipité leur perte.

L'ÉLECTEUR.

Et vous avez le front de m'en regarder comme l'auteur ? moi, qui donnerois mille vies pour eux, si elles étoient en ma puissance. C'est la détestable trahison du gouverneur qui a seule produit cet horrible carnage. Comment refuser d'écouter des parolles de paix? C'est de cette maniere que les tigres, dont la rage barbare nous poursuit, en savent user : et le ciel vengeur ne les réduit pas en poudre !

LE SIEUR DE FLESSELLES.

Leur empressement étoit trop vif; il eût fallu plus de prudence.

L'ÉLECTEUR.

Vous me faites mourir. De la prudence au moment qu'on s'apprête à nous égorger.

LE Sr. DE FLESSELLES.

Nous sommes sujets, monsieur, nous sommes sujets.

L'ÉLECTEUR.

Enfans de la nation, monsieur ; enfans de la nation : d'ailleurs ; est-ce se soustraire à la dépendance royale que de ne pas tendre sa tête au fer des bourreaux, et refuser de livrer ses biens aux ravisseur qui les veulent envahir.

LE Sr. DE FLESSELLES.

Mais, monsieur...

L'ÉLECTEUR.

Laissez-moi, de grace ; laissez-moi.

*(Un bruit considérable se fait entendre dans
la place , et le peuple crie généralement :*

Victoire ! victoire ! la bastille est à nous !)

LE SIEUR DE FLESSELLES *à part.*

Quel coup de foudre. . . . . . , Ne nous
trahissons pas.

L'ÉLECTEUR.

Grace à Dieu, je respire. Monsieur de Flesselles , prenez de meilleurs almanachs.

LE SIEUR DE FLESSELLES.

Je remercie le ciel de cet événément ; lui seul
peut en être regardé comme l'auteur,

L'ELECTEUR.

Et l'amour de la liberté , monsieur. On verse en cas pareil jusqu'à la derniere goute de
son sang.

SCENE XII.
LE SIEUR DE FLESSELLES , L'ELECTEUR , UN
SOLDAT CITOYEN , TROUPE DE
CITOYENS.
UN CITOYEN.

FÉLICITEZ - vous , messieurs , nous recou-
vrons tout en ce jour ; la bastille est prise ;
nous traînons ici les abominables assasins qui prétendoient nous égorger tous. Les voici , les voici,
les monstres ! les barbares !

SCENE XIII.

LES PRÉCÉDENS, LE SIEUR DU PU-
JET, LE MARQUIS DE LAUNAY.

(*Le marquis de Launay est dans le plus grand désordre, le sieur du Pujet est à demi massacré. A l'aspect de ces deux scélérats, la satisfaction regne sur le visage de l'électeur, la consternation sur celui du prévôt des marchands, et on doit y lire toute la stupéfaction d'un coquin pris sur le fait*).

L'ÉLECTEUR, *avec la plus forte énergie*.

Monstre ! te voila donc enfin rendu. Réponds, infâme, quel est le prix dû à ton exécrable forfait ? quel est le supplice réservé à un scélérat tel que toi ? Lâche exécuteur des volontés des plus affreux tyrans, as-tu pu, sans horreur, seconder leurs criminels projets ? Quelle puissance peut maintenant te mettre à l'abri de la fureur publique ? Où est la protection de ces grands avilis, qui touchent eux-mêmes à la destruction dont ils ont osé concevoir l'idée ?

LE MARQUIS DE LAUNAY , *à genoux*.

J'implore mon pardon : je me suis rendu.

TOUT LE PEUPLE.

Non , non , non , point de grace , point de grace.

L'ÉLECTEUR.

Quel nom donnes-tu à une capitulation forcée? Tu t'es rendu vil assasin ; dis qu'on t'a pris, monstre ; tu cherches en vain à peindre le repentir ; la rage est visible dans tes yeux , et elle existe dans ton cœur

LE SIEUR DU PUJET.

Au nom de l'humanité , achevez-moi.

LE MARQUIS DE LAUNAY.

Au nom de ce que vous avez de plus cher, laissez-vous fléchir.

L'ÉLECTEUR.

Ne l'espere pas , bourreau des tiens. Tu t'humilies , lâche ; on lit sur ton visage, toute la difformité du crime confondu. C'est à genoux que tu demandes la vie à un peuple que tu exterminois , il y a

---

(1) Pendant ce temps , le peuple s'occupe à déplacer le reverbere du coin du roi. Il y suspend une corde destinée à messieur de Launay et du Pujet , et à quelques invalides : de tems en tems il s'interrompt , en s'écriant , faite-les descendre !

quelques

quelques instans ; tes larmes hypocrites décèlent toute la bassesse de ton ame. Mes chers compatriotes , allons , délivrez-nous de cette vue odieuse et exécrable.

TOUS LES CITOYENS.

Au réverbere ! au réverbere !

LE MARQUIS DE LAUNAY.

Hélas ! grand Dieu ! grand Dieu ! sois-moi propice.

L'ELECTEUR.

C'est lui qui t'a remis dans nos mains , barbare ; il nous a confié sa foudre , et nous nous en servirons. Périsse toute votre ligue infernale ! point de grace aux méchans !

TOUT LE PEUPLE.

Point de grace, point de grace.

« Tout le peuple emploie la violence, pour
» descendre au supplice les sieurs de
» Launay et du Pujet (1). Pendant cette
» exécution , le prévôt des marchands
» toujours soupçonné et épié par l'é-
» lecteur , a tenté vainement de se sous-

(1) Dont il est inutile de donner l'effrayant détail ; détail affligeant , et bien fait pour nous faire gémir éternellement sur la barbarie des grands.

F

» traire à la multitude. Son embarras, sa
» contenance, tout indique son indigne trahi-
» son; et l'électeur ne pouvant résister à la
» force de ses soupçons, le fait arrêter par la
» garde citoyenne ».

SCENE XIV.

L'ELECTEUR, LE SIEUR DE FLESSELLES, GARDE CITOYENNE.

LE SIEUR DE FLESSELES.

EST-CE ainsi, Monsieur, que vous avez égard
aux droits des gens?

L'ELECTEUR.

Je n'ai, je crois, aucun reproche à me
faire; tout de vous m'est suspect. C'est aux
yeux de la nation que je veux déduire mes
raisons, expliquer mes griefs : je souhaite,
pour votre honneur, pour votre vie, que
vous en puissiez détruire la force; mais je
tremble que vous n'y parveniez pas. Dans
tous les cas, votre conduite est incompré-
hensible, odieuse même; elle annonce
la trahison la plus noire, ou ma foiblesse est

impardonnable. Je ne trouve donc pas mon
procédé inconséquent, mais nécessaire.

LE SIEUR DE FLESSELLES.

Vous pourriez vous en repentir.

L'ELECTEUR.

Je ne redoute rien : la circonstance oblige
à prendre toutes les précautions dont il est
possible de s'aviser, pour rendre vains tous les
complots ; et tout m'engage à vous accuser
d'y tremper.

« Tout le peuple, après l'exécution des crimi-
» nels de leze-nation, remonte à l'hôtel-
» de-ville. L'un d'eux tient des papiers et
» lettres saisies dans la poche du marquis de
» Launay. Il s'écrie, *le traître ! le scélérat !*
» *le fourbe !*

SCENE XV.

L'ELECTEUR, LE SIEUR DE FLESSELLES,
PEUPLE, SOLDATS, tant Militaires que
Bourgeois.

L'ELECTEUR.

QU'AVEZ-VOUS, mes amis ?

UN CITOYEN.

Ah ! Monsieur, quelle abomination !

Jetez, jetez les yeux sur ces tissus d'horreurs ; et frémssez avec nous, du sort affreux qui nous étoit réservé. (*Au prévôt des marchands.*) Infâme coquin, tu fixes tes regards criminels sur la terre, où tu vas bientôt rentrer.

« Un silence morne désigne la situation
» du sieur de Flesselles, pendant lequel
» l'électeur fait à haute voix la lecture
» de la lettre du comte d'Artois, de celle
» du marquis de Launay, et de celle du
» prévôt des marchands, que l'on voit
» aux scenes VIII et IX de ce même
» acte ».

L'ÉLECTEUR, *au sieur de Flesselles.*

Eh bien ! mes pressentimens sont-ils faux ? Dois-je me repentir de mes procédés envers toi ? Contemple maintenant la justice divine, à laquelle doit succéder celle des hommes. Traitre ! tu tramois indignement la perte de tes frères. Vois le sang des victimes infortunées du patriotisme, rejaillir sur toi, et imprimer sur ton front la flétrissure et le signe infamant qui te voue au supplice.

LE SIEUR DE FLESSELLES.

Malheureux et coupable, j'ai mérité la

mort ; j'en conviens : plongez-moi un poignard dans le sein ; mais dérobez-moi à l'infamie ; si ce n'est pour moi, que ce soit au moins pour ma famille.

TOUT LE PEUPLE.

Non, non, non ; au réverbere !

L'ÉLECTEUR.

Plaise au ciel que le dernier des traîtres y périsse ! Malheureux, j'avois lu dans ton ame, et t'avois frayé une voie au repentir. Il étoit tems encore ; une prompte rétractation te dégageoit de l'opprobre : tu ne l'a pas voulu. Eh bien ! sois-en couvert, et que l'exemple terrible de ta mort, puisse intimider tous les instigateurs de cette cabale exécrable (1) !

---

(1) Pourquoi se sont-ils dérobés à la juste fureur du peuple ? Ils ont fui, les lâches : un moment a dispersé le comte d'Artois, la duchesse de Polignac, Broglie, le Noir, Vaudreuil, le prince d'Hénin, la princesse de Monaco, la comtesse de Lamberti, Montagnac, Serrent, Choiseul, Meuse et Narbonne. Où vont-ils cabaler de nouveau ? Quelle est la nation qui pourra se résoudre à leur donner azile ? Si j'étois monarque, je ferois à l'instant dresser des échafauds sur lesquels je ferois périr ceux de ces proscrits qui tourneroient leurs pas vers mes états.

LE SIEUR DE FLESSELLES.

Eh quoi! point de pitié.....

UN CITOYEN.

Point de grace. Au gibet, toi et tes semblables.

L'ELECTEUR.

Peuples, citoyens, je vous le remets. Conservons très-précieusement ces indices de la trahison, ces garans de la rage de nos ennemis. Prions le ciel de les remettre en nos mains, et que les traîtres périssent.

« Le peuple emmene le sieur de Flesselles,
» qui, joignant les mains, se retourne en
» criant, *grace, grace*. L'Electeur se dé-
» tourne sans lui répondre, et le peuple
» arrachant le prévôt des marchands de
» cette salle, le traine à la gréve, en
» criant : Non, non, non ; point de
» grace ».

SCENE XVI.

L'ÉLECTEUR.

Amis, si d'un côté nous punissons le crime, de l'autre, sachons honorer la bravoure et récompenser le courage.

LES CITOYENS *montrant le grenadier.*

Voici notre libérateur.

L'ÉLECTEUR, *au grenadier.*

Avancez, brave homme ! (*Il l'embrasse.*) et recevez l'hommage public de la nation. Que les dépouilles de l'ennemi soient votre partage. Portez cette marque glorieuse que vous avez arraché au vil aristocrate qui s'en décoroit. Qu'elle prouve à toute la terre, qu'elle est presque toujours usurpée par la grandeur, lorsqu'elle ne devroit être que le prix du zèle et de la fidélité.

TOUT LE PEUPLE.

Bravo ! Bravo !

LE GRENADIER.

Vous m'humiliez, Monsieur. Eh quoi !

vous me récompensez d'avoir fait mon devoir !
Décorez donc aussi tous les braves gens qui
m'entourent ; je leur dois le foible honneur de
la victoire qu'ils m'ont aidé à remporter. Qu'au-
rions-nous fait sans eux ? Ils ont combattu
comme des lions : la prudence a dirigé toutes
leurs actions. Oui , Monsieur, le Français est
indomptable.

*(Les clameurs populaires annoncent que l'in-
fâme prevôt des marchands a subi le même
sort que ses dignes complices. A cette scene de
mort succede celle du triomphe du brave grenadier aux Gardes-Françaises. Comme son cou-
ronnement fut fait au bruit général des acclamations , il ne nous laisse aucun dialogue à
produire.)*

Fin du troisième Acte.

LE ROI. | L'ARCHEVEQUE
A quels dangers vous | DE PARIS.
exposiez votre Roi ! | *La Religion parloit.*

Act. IV. Scene VIII.

ACTE IV.

*Le théâtre représente le château de
Versailles.*

LE ROI, LA REINE, LE COMTE
D'ARTOIS, LE PRINCE DE CONTI,
L'ARCHEVÊQUE DE PARIS, LE DUC
DE NOAILLES, LE COMTE DE GUI-
CHE, LE DUC D'ORLÉANS, LA DU-
CHESSE DE POLIGNAC, LE SIEUR
THIERRY, Valet-de-chambre du Roi.
(*Cet acte contient les événemens de la jour-
née du vendredi 17 juillet, pendant le
voyage et au retour du roi de Paris à
Versailles.*)

SCENE PREMIERE.

LA REINE, LE COMTE D'ARTOIS, LA
DUCHESSE DE POLIGNAC, LE
PRINCE DE CONTI.
LE COMTE D'ARTOIS.

COMMENT! reine, vous n'avez pu déterminer le roi à changer de résolution?

LA REINE.

Rien n'a pu le détourner de ce fâcheux voyage. Combien je tremble qu'il ne nous soit funeste !

LA DUCHESSE DE POLIGNAC.

Il n'en faut point douter. Fuyons ces lieux ; craignons de nous y voir assiégés. Notre mort est résolue ; essayons de nous soustraire à ces furieux. Qui sait même ce que nous devons craindre du retour du roi ? Quant à moi, j'en frissonne.

LE PRINCE DE CONTI.

Je ne suis pas plus tranquile que vous, et je frémis des dangers auxquels nous sommes exposés. Il est certain que nous avons tout à redouter du voyage du roi ; l'aspect de sa capitale va le faire trembler. Les forces réunies des Parisiens, leur révolte, la bastille détruite, un peuple qui impose des conditions à ses maîtres ; nous sommes les artisans de cet événement subit et imprévu. Le roi va nous en accuser, nous en punir. Évitons cet orage cruel ; retirons-nous auprès de l'empereur. En sûreté nous pourrons renouer notre entreprise, revenir à force ouverte achever ce que nous avions si heureusement commencé.

LE COMTE D'ARTOIS.

Ah! cessez de vous en flatter. Nous avons manqué le grand coup; il n'y a plus maintenant d'espoir.

LE PRINCE DE CONTI.

Vous le croyez; mais moi je n'en ai pas la même idée. Je connois le peuple et sa frivolité; tôt ou tard il s'endormira sur les lauriers que le patriotisme lui a fait cueillir. Vous avez eu maintes preuves de sa confiance ridicule et de son aveugle crédulité. Une paix apparente lui fera resserrer les armes que le danger où il s'est vu lui a fait prendre. Nous ferons passer en France, par nos agens secrets, la méfiance et la terreur (1). Ils y introduiront le trouble et la division; les citoyens s'égorgeront eux-mêmes, en leur inspirant de loin le carnage et l'hor-

---

(1) Le père de ce prince sanguinaire, lui disoit dans les troubles de 1778 « : Je vous savois mauvais fils, mauvais mari; mais je ne vous croyois pas mauvais citoyen. Qu'en penserait alors ce respectable appui des vertus? quelle seroit sa douleur et sa honte, en se voyant obligé de maudire l'abominable rejetton d'une famille illustre!

reur de la vengeance ; nous en révolterons la partie sensible et délicate : alors plus ou bien peu de difficultés, sur-tout en continuant à nous défaire par des moyens secrets et inévitables, de nos contradicteurs et de nos ennemis.

LA REINE.

Ah ! prince, vous êtes dominé par une illusion que l'événement présent ne tardera pas à détruire. Présente à la supplication qu'ont faite au roi les ducs d'Orléans, de Liancourt et de Noailles ; toute ma fermeté m'a abandonnée. « Mes sujets » sont mes enfans, a dit le roi, en les » relevant : je suis indignement trompé, » et je vois avec douleur, que c'est par » ceux que je chérissois le plus. Oui, » ducs, je vole à mon peuple ; ma pré- » sence ramenera le calme, s'il m'aime » encore ; et malheur à tous les monstres » qui ont abusé de ma bonne foi, et sur- » pris ma religion » ! Après ces mots, il m'a lancé un regard foudroyant, et s'est retiré. Au moment de son départ, je me suis précipité à ses genoux, pour l'empêcher d'aller à Paris. « Ils n'ont aucun respect » pour votre personne sacrée ; plus, me

suis-je écriée ; « tremblez d'exposer des
» jours qui nous sont aussi précieux.
» Laissez calmer la premiere ivresse d'un
» peuple audacieux ». « Il n'est point cri-
» minel , » m'a-t-il répondu avec un
» sourire amer. « C'est la rage effrénée des
» monstres que j'ai comblé de bienfaits ,
» qui lui a mis les armes à la main ,
» qui les porte toujours pour ma gloire
» et mon service. Qu'il soit à jamais ma
» garde et le plus bel ornement de ma
» couronne. L'amour du peuple est le tré-
» sor des rois. Ainsi , Madame , épargnez-
» moi d'insidieuses sollicitations. J'en en-
» trevois le but , et je vais parer le coup ,
» que d'indignes parens , de vils minis-
» tres et de lâches flatteurs vouloient
» porter à mon autorité. Ma bonté m'a
» rendu foible ; ma justice fera frémir.
» Oui , je verrai couler sans émotion le
» sang des perfides , dont l'ambition force-
» née méditoit la ruine de mon peuple.
» Dès ce moment, je les abandonne sans
» distinction à la vengeance nationale. Que
» les coupables tremblent ! Ni le sang , ni
» le rang ne les sauveront pas de la ri-
» gueur des loix ». Et il est parti sur-le-

champ, sans gardes, sans escorte; il ne veut, dit-il, pour appui, que la confiance et l'amour qu'un père a pour ses enfans.

LA DUCHESSE DE POLIGNAC.

Pouvons-nous douter maintenant de notre proscription ? Abandonnés du roi, pourrons-nous éviter le ressentiment du peuple ? Croyez-moi, princes; fuyons.

LA REINE.

Et vous pourriez m'abandonner ?

LA DUCHESSE DE POLIGNAC.

Nous ne pouvons vous être utiles. D'ailleurs, vous êtes en sûreté: l'étroit lien qui vous unit au roi, est un garant certain de l'indulgence du peuple; et les bontés de LOUIS doivent bannir toutes vos craintes: mais nous devons, nous autres, chercher notre sûreté sous un ciel étranger. Croyez-moi, princes; plus de délai; fuyons. Le moindre délai peut nous perdre. Mais taisons-nous: voici l'archevêque. À l'approche du péril, il a abandonné notre parti.

SCENE II.

LES PRÉCÉDENS, L'ARCHEVÊQUE DE PARIS.

L'ARCHEVÊQUE DE PARIS, *au Comte d'Artois.*

MONSEIGNEUR, le monarque est à Paris. Il sera vivement affecté de l'audace des Parisiens.

LE COMTE D'ARTOIS, *ironiquement.*

Que sûrement vous blâmez ?

L'ARCHEVÊQUE.

Hautement.

LE PRINCE DE CONTI, *ironiquement.*

En notre présence ?

LA DUCHESSE DE POLIGNAC.

Et qu'il approuve au sein de la Capitale. Allez, allez, Monsieur l'Archevêque, nous ne sommes point vos dupes.

L'ARCHEVÊQUE, *avec ce ton d'hipocrisie qui lui est si naturel.*

Pouvez-vous m'accuser ? Ne vous ai-je pas donné une preuve signalée de mon attachement à vos intérêts ? Dieu, sans doute,

a désapprouvé ma ferveur, puisque j'en ai presque été la victime. A l'exemple de St. Étienne,
j'ai pensé périr martyr de la religion. La voix
du ciel parle en mon cœur, et je dois me soumettre à ses ordres sacrés.

LE COMTE D'ARTOIS.

Que vous eussiez interprété différemment,
si la situation présente eût changé de face. C'est
sans doute ce même ciel qui vient si à propos
à notre secours, qui a préparé le retour de
Monsieur Necker, contre lequel vous avez
tant d'énergie?

L'ARCHEVÊQUE.

La religion m'inspiroit alors, à présent c'est
la tolérance et la charité.

LE COMTE D'ARTOIS.

Avec quel art vous joignez le mensonge
à l'hypocrisie! Vous religieux! vous tolérant
et charitable! Croyez-vous réussir à nous le
persuader avec autant de facilité que vous
paroissez vous le persuader vous-même? Vous
avez encensé la fortune lorsqu'elle vous a
présenté un visage riant; vous changez
avec elle. Digne imitateur des Brienne,
des Beaumont, personne n'a mieux que
vous, su tirer parti de la circonstance.

Le

Le profit que vous en retirerez, pourroit être cependant mélangé d'amertume.

L'ARCHEVÊQUE.

Je saurai me résigner à la providence.

LE PRINCE DE CONTI.

Dont vous vous jouez intérieurement ainsi que nous. Allons, M. de Juigné, un peu plus de conscience et de vérité. Vous n'êtes point ici avec des superstitieux, dépouillez le manteau, et ne vous revêtez de l'enveloppe mystérieuse qu'avec les sots qui vous admirent, et les fourbes mitrés qui vous ressemblent?

L'ARCHEVÊQUE.

Votre altesse a du chagrin.

LE COMTE D'ARTOIS.

Et vous bien de la politique. Allez, laissez-nous, retournez à Paris. Tâchez de séduire les Parisiens par vos grimaces affectées, et vos générosités que vous savez bien placer. C'est un argent que vous leur prêtez; ils ignorent, les bonnes ames! à quel taux vous fixez l'intérêt que vous prétendez en retirer.

L'ARCHEVÊQUE, *du ton le plus dévot.*

Que le ciel vous soit en aide!

G

LE COMTE D'ARTOIS, *avec fureur*,

Et vous, allez à tous les diables.

LA DUCHESSE DE POLIGNAC.

Ainsi soit-il.

(*l'Archevêque sort.*)

SCENE III.

LES PRÉCÉDENS, LE COMTE DE GUICHE.

LE COMTE DE GUICHE.

QU'A donc ce calotin que je viens de voir sortir ?

LA REINE.

Il vient d'entendre des vérités qui l'ont un peu mortifié.

LE COMTE D'ARTOIS.

Ce sont les seules armes qu'on puisse employer avec des gens de cette trempe ; sans quoi nous l'eussions fait repentir d'avoir embrassé le parti du peuple.

LE COMTE DE GUICHE.

Lui, un parti, Monseigneur ! il n'en connoît point d'autre que celui de l'ambition et de l'intérèt ; il a toute la mollesse et la duplicité des gens de sa robe ; et sa charité dont il fait étalage, n'a jamais paru que dans ses instructions pastorales et ses mandemens amphibologiques (1).

LA REINE.

C'est un tartuffe.

LA DUCHESSE DE POLIGNAC.

Un hypocrite.

LE COMTE DE GUICHE.

Un faux dévot.

LE PRINCE DE CONTI.

Qui nous vengera peut-être un jour de l'échec que nous recevons en celui-ci, par le mal qu'il pourra produire.

LA REINE.

Ah ! combien je le désire !

LA DUCHESSE DE POLIGNAC.

Cela pourroit peut-être me consoler un peu.

LE PRINCE DE CONTI.

Attendrons-nous le retour du roi ?

---

(1) M. le comte de Guiche se trompe, et le résultat de l'assemblée nationale, du 4 de ce mois, lui donne un démenti formel. Chacun de ses membres y a coopéré à la régénération de la félicité publique, et m. l'archevêque de Paris, non moins sensible et généreux, a fait aussi son offrande ; et la nation ne peut que s'applaudir de l'étonnant sacrifice de M. de Juigné.... Qu'a-t-il donc tant offert ?... Un pompeux *Te Deum.*

LA DUCHESSE DE POLIGNAC.

Gardons-nous-en bien; profitons au contraire du tems qui nous reste, pour nous soustraire à sa dépendance. Je vais vous en donner l'exemple.

LA REINE.

Par pitié, ne me laissez pas en proie aux idées fâcheuses qui me glacent et m'affligent.

SCENE IV.

LES PRÉCÉDENS, LE Sr. THIERRY, valet de chambre du Roi.

LE Sr. THIERRY.

Sa majesté est sur le point d'arriver; quelques personnes témoins de sa réception, ont précédé son retour; jamais monarque n'a, dit-on, paru si satisfait.

(A cette nouvelle, les uns et les autres annoncent par un changement de visage, tous les symptômes de gens au désespoir; ils se retirent, abattus, consternés par différentes issues. La reine reste seule.).

SCENE VI.
LA REINE, *seule.*

FACHEUSE situation ! Que résoudre ? que faire ? à quoi me déterminer ? quels mouvements agitent mon sein, le tourmentent et le déchirent ? Tour-à-tour, en proie à la rage et au désespoir, quelquefois au repentir, je ne puis un instant fixer mes résolutions ; comment soutiendrai-je les regards irrités de mon époux, de mon roi, braver les sarcasmes de mes ennemis ! Eh quoi ! cesserai-je d'être cette reine puissante et impérieuse ? ce jour verroit-il l'extinction de mon autorité ? Je n'en dois pas douter ; mon regne est détruit, et je ne dois plus me regarder que comme l'ombre chimérique de la grandeur et de la majesté. . . . . O d'Artois ! ô Jules ! en fuyant, vous vous dérobez aux horreurs qui vont m'assaillir, à l'opprobre, à la honte. Vous ne serez tourmentés que par le regret de n'avoir pu réussir ; les sollicitations de l'étranger (1), vous dédommageront en partie de cette perte, et de

_____

(1) Les nouvelles du jour nous ont appris toute la fausseté de ces conjectures. Errans et vagabonds, voilà le sort mérité de ces fugitifs aristocrates.

tous vos chragrins ; tandis qu'hélas ! infortunée, je vais traîner dans cette cour des jours flétris, sans attirer sur moi d'autres regards que ceux de la haine et du mépris.

(*On entend dans les cours du château, les cris réitérés de vive le roi, vive la nation*).

SCENE VII.

LE ROI, LA REINE, LE DUC DE NOAILLES, L'ARCHEVÊQUE de Paris, *Troupe de Courtisans*, Garde d'honneur des Bourgeois de Versailles.

LE ROI, *à M. le Duc de Noailles.*

AH ! mon cher duc, quelle satisfaction ! elle est pure comme le fond de mon cœur.

LE DUC DE NOAILLES.

Vous l'avez vu, sire ; doutez-vous encore de l'amour du peuple pour votre majesté, et de l'effet du conseil salutaire que nous avons osé prendre la liberté de vous donner ! La tendresse des Français s'est manifestée dans cette entrevue nécessaire : vous étiez sur le bord de l'abîme, et des mitres vendus lâchement au crime et à l'ambition, n'attendoient que le moment de les y précipiter.

LE ROI.

Ah! les monstres! Ne m'en parlez pas, mon cher duc; en quelque lieu qu'ils soient, ils ressentiront les effets de ma juste indignation. A combien de dangers la personne des rois n'est-elle pas exposée? et par quelle fatalité devois-je me méfier de tout ce qui m'entoure, séduit indignement par les objets qui m'étoient les plus chers? Mon cœur est détrompé, mais qu'il lui en coûte! O vous! témoins de ma douleur, aidez-moi de vos lumières; le temps est précieux; portons les remedes les plus prompts à la calamité, et rendez-moi digne des acclamations d'un peuple que je chéris, dont le bonheur va désormais m'occuper, en dépit des envieux et de la cabale qui prétendoient s'y opposer.

LA REINE.

Sire, votre majesté ne me soupçonne sûrement pas.....

LE ROI.

Cela suffit, madame; mes yeux n'ont encore pu percer l'obscurité qui m'environne: il me reste des mysteres iniques à dévoiler; mais je le répète encore: malheur à tous ceux qui auront trempé dans ces détestables complots!

LA REINE, *avec embarras.*

Puissai-je vous convaincre de mon innocence !

LE ROI.

Je le désire, Madame. Ce seroit avec la plus vive mortification, que je recevrois des preuves du contraire ; alors, rien ne pourroit vous soustraire à mon imagination. J'ai prononcé le serment sacré d'abandonner à la rigueur des loix nationales tous les ingrats qui ont trahi ma confiance et mes bontés ; je m'y soumettrois moi-même, si j'avois pu un seul instant être coupable envers elles.

LA REINE.

Croyez que je partage votre ressentiment.

LE ROI, *avec fermeté.*

C'est bon, Madame, c'est bon ; retirez-vous.

LA REINE, *à part, et se retirant.*

Ah Dieu ! de quel sort suis-je menacée !

SCENE VIII.
LES PRÉCÉDENS, LA REINE *exceptée*.
L'ARCHEVÊQUE.

SIRE, combien votre majesté doit s'applaudir de pareils sentimens ! Puisse le Très - Haut répandre sur vous ses graces; et vous combler de ses dons les plus précieux !

LE ROI.

Mon cousin, je veux bien croire à toute la pureté de votre zele, mais désormais supprimez-le. Il a pensé me devenir funeste, ainsi qu'à toute la France. Foiblement je me suis livré à votre enthousiasme ; j'ai écouté vos conseils fanatiques, et j'ai éloigné d'auprès de moi le seul homme dégagé de superstitions, le vrai sage, le sage éclairé; et c'est par vos avis interpretes des volontés divines. A quels dangers vous exposiez votre roi !

L'ARCHEVÊQUE.

La religion parloit.

LE ROI.

Et vous m'avez déguisé son langage ? Oui, j'ai pris le change; mais, si j'ai tort

de vous avoir écouté, qui de nous deux en doit
être garant ? Je réparerai le mal, autant qu'il sera
en ma puissance ; mais ne m'y exposez plus ,
monsieur l'archevêque. Conduisez votre troupeau ; et, sous peine d'être compris au nombre
des imposteurs qui m'ont trompé, ne vous mêlez
plus ni des affaires de l'état , ni de la conduite
des rois.

L'ARCHEVÊQUE *fait une profonde révérence
et se retire.*

SCENE IX.

LE ROI, LE DUC DE NOAILLES , LE DUC
D'ORLÉANS. Garde d'honneur, Troupe de
courtisans.

LE DUC D'ORLÉANS, *entrant précipitamment,
et courant se précipiter aux pieds du roi.*

AH ! Sire, recevez mon hommage sincere.

LE ROI, *le relevant.*

Que faites-vous, d'Orléans ? Vous , à mes
pieds ; c'est dans mes bras que vous devez être !
Oui, mon ami, je vous ai l'obligation de la

journée la plus glorieuse de mon regne. Mais,
le croiriez-vous ! A mon arrivée à Paris, j'ai
versé des larmes ameres, en voyant mes braves
Parisiens. Le respect se peignoit dans leurs actions, et la tristesse sur leurs visages. Me crai-
gnoient-ils ! Ma démarche ne devoit-elle pas
leur inspirer de la confiance ! Je n'ai pu me défendre d'un moment de frémissement.

LE DUC D'ORLÉANS.

Ah ! Sire, combien il étoit injuste ! L'afflic-
tion des Français étoit légitime, mais leur ame
étoit toujours la même. Vous l'avez reconnu à
votre retour. Ce n'étoit plus un monarque re-
doutable qu'ils reconduisoient, c'étoit un pere
au milieu de ses enfans.

LE ROI.

Et je le serai toujours. Titre précieux, tu m'es
enfin rendu, et je n'épargnerai rien pour te conserver. Couronnons l'œuvre, illustres appuis du
trône et de ma félicité ; ne retardons pas plus
long-temps la joie du Français, veillons à sa
sûreté, rappellons en ce lieu l'homme juste que
j'en ai éloigné, et que cette journée mémorable
soit la base du bonheur public !

LE DUC DE NOAILLES.

O roi ! digne à jamais de l'amour du peuple, que d'éloges nous vous devons !

LE ROI.

Aucuns, mes amis, aucuns. Je ne puis contenir mon saisissement ; je verse des larmes de joie, et la douceur de celles-ci efface l'amertume des autres.

LE DUC D'ORLÉANS.

Puissiez-vous n'en jamais répandre que de semblables !

LE ROI.

Que les états se rassemblent autour de moi. C'est d'eux, c'est de vous, que je veux prendre des conseils. Je ne pourrai jamais errer. Comment ne pas les suivre, quand c'est la vertu qui les donne ?

Fin du quatrième Acte.

BERTHIER. *Helas! pardonnez moi.*

UN CITOYEN.

Chaque instant où la mort est retardée,

Est un outrage fait à la nature opprimée.

Act. V. Scene V.

ACTE V.

Le Théâtre représente l'hôtel-de-ville de Paris.

LE MARQUIS DE LA FAYETTE. M. BAILLI, Maire de Paris. UN ÉLECTEUR. GARDE BOURGEOISE ET CITOYENS. LE SIEUR FOULON, *Ministre de trente-six heures.* LE SIEUR BERTHIER DE SAUVIGNY, Intendant de Paris.

(*Cet acte contient la dernière exécution faite à la grève par les Parisiens. Si elle n'est pas la destruction totale des aristocrates, au moins est-elle celle de l'aristocratisme. Prions le Ciel que l'Assemblée Nationale poursuive avec rigueur ceux de ces vils scélérats qui tomberont en sa puissance*).

SCENE PREMIERE.

LE MARQUIS DE LA FAYETTE, M. BAILLI,
UN ÉLECTEUR, Garde Bourgeoise et
Citoyens.

LE MARQUIS DE LA FAYETTE.

BRAVES citoyens, enfans de la liberté, le
bonheur dont vous allez jouir est votre ouvrage ;
mais n'en souillez pas la durée par de nouveaux
actes d'une rigueur barbare. Notre intention n'est
pas de dérober vos tyrans au glaive de la justice
nationale ; mais vous vous avilissez en faisant ici
l'office des bourreaux. Cessez donc de tremper
vos mains dans le sang des criminels : une telle
conduite tient trop de la férocité, et peut vous
devenir préjudiciable. L'aurore de la félicité
vient de luire pour vous ; ne poussez pas l'inhu-
manité jusqu'à travailler à ne plus jouir de son
lever. Périssent les auteurs de votre misere, les
cruels ravisseurs de vos biens et de votre liberté !
mais que ce soit sur l'échafaud dressé par la
loi, qui ne peut être injuste à votre égard ;

c'est le plus bel usage que vous puissiez faire de votre liberté.

M. B A I L L I.

Considérez aussi que votre promptitude est dangereuse et nuit à vos intérêts : les traîtres meurent avec leurs secrets. Vous sapez sans réflexion les branches, et le tronc de l'aristo-cratie n'est pas en votre puissance ; et comment pouvez-vous espérer de l'y voir, si vous mas-sacrez sans examen leurs infâmes agens ? Igno-rez-vous que la foudre est encore suspendue sur vos têtes, et que c'est le moyen de l'attirer plutôt que de l'éviter ? Point de prudence , point de succès. Décidez : c'est à la loi qu'il faut livrer les coupables; c'est elle seule qui doit prononcer sur leurs forfaits, les effrayer par l'appareil d'un supplice ignominieux , arracher d'eux la triste vérité, la communiquer à tous. Sans ce moyen, vous n'extirperez point le mal, et les têtes que vous proscrivez ne vous sauveront pas des dan-gers qui circulent secrétement au milieu de vous.

L'ÉLECTEUR.

Ce discours est plausible. Je frémis comme

vous de ces scenes sanglantes. Mais pour relever votre discours, si le danger circule secrétement au milieu de nous, n'est-ce pas par la terreur et l'effroi que vous disperserez les assassins dont nous sommes environnés ? Les supplices ordonnés par la loi n'intimident que foiblement les méchants ; ils espèrent toujours se soustraire à la fureur des procédures lentes, et des ressources d'une défense combinée ; le prompt châtiment épouvante les coupables et détruit leur espoir. C'est une dure nécessité, j'en conviens ; mais aux grands maux les grands remedes.

LE MARQUIS DE LA FAYETTE.

Si les premieres exécutions, faites malheureusement sous nos yeux, parurent nécessaires, les autres seroient barbares, atroces et sanguinaires. Sont-ce des hommes qui peuvent se résoudre à les commettre ? et le spectacle hideux de têtes sanglantes, portées en triomphe dans tous les quartiers, des cadavres déchirés, traînés dans de sales ruisseaux, contiendront-ils les ennemis de l'état ? Que serez-vous en droit d'espérer de la justice des loix, quand vous aurez primitivement méprisé son secours ?

UN CITOYEN.

UN CITOYEN.

Nous l'implorons au contraire ; mais ces premiers temps-ci demandent du sang ; il en faut à notre sûreté. Point de graces.

LE MARQUIS DE LA FAYETTE.

Eh quoi ! toujours de l'inflexibilité dans vos résolutions ? Qui vous le refuse ce sang ? Il appartient à la nation ; mais montrez-vous-en moins avides. On vous l'a dit ; les monstres meurent avec leurs secrets ; et ce secret n'est-il pas important à votre bonheur ? L'éclaircissement de ces lâches et cruels complots, peut seul infailliblement l'assurer.

M. BAILLI.

Ce Foulon, cet indigne ministre que vous attendez.

TOUS LES CITOYENS.

Qu'il meure ! qu'il meure ?

LE MARQUIS DE LA FAYETTE.

Son affreuse conduite a besoin d'être examinée,

UN CITOYEN.

Qu'en pourrons-nous apprendre ? Ses crimes ne sont-ils pas notoires ! Quelle injustice pourroit-il y avoir à pendre ce malheureux sans délai !

H

M. BAILLI.

La justice et l'humanité vous le défendent.

UN CITOYEN.

La justice et l'humanité ! Le monstre ! après que lui et son indigne gendre, nous ont fait périr de misere et de famine. La justice naturelle doit jouir de tous ses droits, quand nous reconnoissons au nombre de nos ennemis les membres de la justice civile. Si nous remettons aux mains de nos ennemis judiciaires ces fléaux de la liberté, ils sont sauvés.

TOUS LES CITOYENS.

Qu'ils périssent ! qu'ils périssent !

UN CITOYEN.

Eux, et tous leurs semblables. Interrogez la voix du peuple ; comptez les victimes innombrables de leurs cupidités. Que de fils infortunés pleurent la mort de leurs familles, dans les dépôts élevés par leur tyrannie ! Combien de familles ruinées ! Si la misere est dans nos murs, ces coquins infames en sont les auteurs ; et ils ne périroient pas ? nous les verrions encore insulter à notre situation ? Ah ! puissions-nous plutôt inventer des supplices ignorés, que de prolonger une aussi execrable existence !

TOUS LES CITOYENS.

Meurent tous les traîtres !

(*On entend dans la place, le bruit de l'arrivé de Foulon; on le conduit à la ville*).

SCENE II.

LE MARQUIS DE LA FAYETTE, M. BAILLI, UN ÉLECTEUR, FOULON, *Citoyens et Garde Bourgeoise*.

UN CITOYEN.

LE scélérat ! voyez cette massive corpulence. Gueux engraissé par le sang du peuple, de quoi te serviront tes rapines et tes concussions ? A te conduire au gibet, digne partage de tes pareils. Vas y périr, infâme ! fraies-en le chemin à tes abominables partisans qui ne peuvent manquer d'y périr.

FOULON.

De grace, accordez-moi la vie; je ne suis pas aussi coupable que vous me le supposez. Si mes biens vous font autant d'envie, prenez-les; mais laissez-moi le jour.

L'ELECTEUR.

Effet de la peur : tes biens seront en notre puissance ; nous n'en voulons que le fruit de tes honteux larcins. Mais crois-tu que ce lâche sacrifice puisse expier tes odieux forfaits ?

FOULON.

J'abandonne vingt-quatre millions au peuple.

UN CITOYEN.

Je réponds à son nom. Ne crois pas les séduire par ton offre, ni seulement ébranler son amour pour la liberté. Il ne respire que la vengeance, et tu ne tarderas pas à en éprouver les effets.

FOULON, *à genoux.*

Que la pitié vous touche !

LE MARQUIS DE LA FAYETTE.

Vous n'en méritez aucune ; mais j'intercede encore pour vous, non pour sauver vos jours qui doivent être voués à une mort infâme, mais pour en faire sceller l'exécution par la justice. Citoyens, croyez-en un homme qui vous aime, et qui n'a accepté le commandement dont vous l'avez honoré, que pour vous conduire. Souscrivez à ce que ce monstre soit enfermé, jusqu'à ce que la loi prononce, ou recevez, dès cet instant, ma démission.

TOUS LES CITOYENS.

Non , non , non.

UN CITOYEN.

Nous gémissons de notre refus , s'il nous prive de l'avantage glorieux d'être commandés par vous ; mais consultez la multitude , et qu'elle prononce.

TOUS LES CITOYENS.

Non , non , non.

LE MARQIS DE LA FAYETTE.

Immolez-le ; mais ne forcez pas mes yeux d'être les témoins de cet horrible spectacle.

FOULON, *bassement.*

Ne m'abandonnez pas !

M. BAILLI.

Peuple , soyez juste , mais nos pas inhumain et barbare.

TOUS LES CITOYENS.

Nous ne sommes que justes.

(*Il emmenent Foulon que le peuple demande à grands cris , et le suspendent au réverbere fatal*).

SCENE III.

LE MARQUIS DE LA FAYETTE, M. BAILLI,
UN ÉLECTEUR, etc.

LE MARQUIS DE LA FAYETTE.

AH ! siecle malheureux ! combien sommes-nous
plus malheureux encore de voir les horreurs que
tu consacres à la postérité ?

M. BAILLI.

Toute la prudence humaine viendra-t-elle à
bout d'en arrêter le cours ?

L'ÉLECTEUR.

Non , tant qu'il restera une goutte du sang
infâme qui existe parmi nous ; que le dernier des
aristocrates périsse ! et nous verrons renaître le
bonheur.

« Le murmure annonce la mort de Foulon,
et le peuple se dispose à aller au-devant du sieur
Berthier de Sauvigny , avec la tête de son beau-
père. Le marquis de la Fayette se met à la
fenêtre de la salle, attiré par le bruit ».

LE MARQUIS DE LA FAYETTE.

Je m'en doutois ; leur vengeance n'est pas
terminée.

M. BAILLI.

Laissons-les se livrer à toute leur fougue , et attendons du tems le calme entier de ce peuple outragé.

LE MARQUIS DE LA FAYETTE.

Il tourne des armes contre lui-même.

L'ÉLECTEUR.

C'est du mal même que vous lui reprochez , que naîtra la source du bien qu'il est en droit de réclamer. Aux nouvelles que recevront nos barbares aristocrates de la prompte exécution de leurs complices , ils fuiront dans les plus affreux déserts ; ils n'oseront plus rien entreprendre, et nous n'en craindrons plus rien.

M. BAILLI.

Plaise au ciel ! mais je n'approuverai jamais une telle précipitation : elle est affreuse , contraire à toutes les loix ; elle outrage l'humanité , la dégrade, en renverse tous les principes , et en ruine tous les fondemens.

LE MARQUIS DE LA FAYETTE.

Détruisons les artisans de l'infortune , mais ne les massacrons pas. Qu'est devenue la sensibilité Française ? La rage particuliere a occasionné la férocité générale. Quel effrayant tableau ! l'univers y croira-t-il ?

M. BAILLI.

Je frémis d'avance, des malheureux excès qui termineront cette triste journée.

LE MARQUIS DE LA FAYETTE.

Nous n'avons que la raison à opposer à leurs transports, et elle est sans puissance; on a trop vivement excité le désespoir des habitans; ils n'écoutent plus que sa voix. C'est en vain que nous cherchons à l'en distraire; prenons à l'avenir les plus sages précautions pour parer ces événemens malheureux.

LE PEUPLE, *dans la place de grève.*

Place, place à M. l'intendant.

UN CITOYEN.

A l'économe du dépôt.

UN AUTRE.

Au pourvoyeur de nos marchés.

UN AUTRE.

Au digne gendre de celui qui vouloit nous faire brouter l'herbe.

TOUS ENSEMBLE.

A la lanterne !

SCENE IV.

LE MARQUIS DE LA FAYETTE, descendant précipitamment les dégrés de la Ville, est suivi de plusieurs CITOYENS et de M. BAILLI.

LE MARQUIS DE LA FAYETTE, au peuple.

Laissez-le monter.

TOUT LE PEUPLE.

Pour un quart-d'heure seulement..... ou sur le champ....

M. BAILLI.

Calmez-vous, mes enfans.

UN CITOYEN.

Mon pere est mort de faim, au dépôt, faute d'avoir eu trente-six francs pour le racheter.

UN AUTRE.

Il a trompé le roi.

UN AUTRE.

Il vouloit nous faire égorger.

UN AUTRE.

Rendons-le à son beau-pere.

TOUS ENSEMBLE.

À la lanterne ! à la lanterne !

LE MARQUIS DE LA FAYETTE.

Laissez-le monter.

(On fait monter l'intendant de Paris à la ville.
On fait observer que cet infime instrument
des malheurs publics, a conservé la sécurité
jusqu'au dernier moment).

SCENE V.

LE MARQUIS DE LA FAYETTE, M.
BAILLI, UN ELECTEUR, *Garde Bour-*
geoise, LE SIEUR BERTHIER.

M. BAILLI.

VOILA, monsieur, ce que l'on gagne à mépriser
le peuple, à l'accabler, à en faire sa victime.

BERTHIER.

De quoi se plaint-il ? je n'ai fait que recueillir
mes droits.

UN CITOYEN.

Tes droits ? monstre dénaturé ! Qui les a
établis, dis, réponds, exécrable agioteur de

notre bonheur ! Regardes-tu comme des droits
avoués tes criminelles vexations ? Le peuple
périt de faim et de misere ; tu nous enleves nos
grains, tu les trafiques, ou avec l'étranger, ou
avec des vautours de ton espece. Une situation
révoltante nous excite au désespoir ; nous nous
réunissons pour chasser nos tyrans : tu le sais,
et tu assures le roi que le peuple est calme !
Brigand affreux ! sont-ce là des droits ? Les tiens-
tu d'un roi despote ou d'un monarque sensible,
à qui nous confions les nôtres ? Ah ! tu as recueilli tes droits : eh bien ! nous jouirons de ceux
que la liberté nous donne : tu périras.

BERTHIER.

Mais, au moins, daignez m'entendre !

LE CITOYEN.

Que peux-tu dire, vil accapareur. La bassesse
et la dissimulation sont sur tes lèvres.

BERTHIER.

Je jure de tout réparer.

LE MARQUIS DE LA FAYETTE.

La chose n'est pas en votre puissance,
vous avez été le perfide agent d'une trame
odieuse et exécrable. Le peuple a pensé pé-

rir sous le fer des bourreaux de l'aristocratie ; votre perte est jurée.

BERTHIER.

Ma mort mettra-t-elle le peuple à l'abri de la fureur de la cabale, aux ordres de laquelle j'ai agi ?

UN ÉLECTEUR.

Nous n'ignorons pas ce qu'il nous reste à appréhender, que tes semblables sont peut-être à nos côtés : car nous méprisons trop ceux qui sont en fuite pour les redouter ; mais nos précautions nous feront éviter le danger.

BERTHIER.

Hélas ! pardonnez-moi.

UN CITOYEN.

Te pardonner ? cœur cruel et sanguinaire ! As-tu daigné, dans tes cachots de S. Denis, essuyer les larmes du pauvre, qui te demandoit à genoux du pain ? Que t'avoit fait cette troupe d'indigens que tu faisois enlever pour les sacrifier à ta voracité ? Et nous serions susceptibles de pitié ? non. N'ose pas l'espérer : chaque instant où ta mort est retardée, est un outrage fait à la nature opprimée.

BERTHIER.

Grace ! grace !

TOUT LE PEUPLE.

Non , point de grace.

UNE VOIE DE LA PLACE.

Le quart-d'heure est passé.

LE marquis de la FAYETTE , faisant signe de la main.

Un peu de patience.

UN CITOYEN.

Ne cherchez pas à nous soustraire.

UN AUTRE.

Nous irions plutôt l'arracher de vos mains.

M. BAILLI.

Vous l'entendez, Monsieur; l'exécration est au comble.

TOUT LE PEUPLE.

Qu'on l'emmene.

(*On entraîne l'intendant à la grève, où il a reçu sans bourreau , sans docteurs , l'absolution de tous ses forfaits*).

SCENE VI ET DERNIERE.

LE MARQUIS DE LA FAYETTE, M. BAILLI, L'ELECTEUR *et les Citoyens.*

LE MARQUIS DE LA FAYETTE.

MES chers amis, braves compatriotes, au nom de la justice divine, qui a créé les loix pour votre défense et votre liberté, que cette journée malheureuse ne se retrace plus ! le sang répandu doit suffire à votre vengeance. Que les coupables soient désormais punis au nom de la justice et de l'équité ! Votre sûreté est maintenant établie. Que la tranquillité renaisse dans vos foyers ! Ne donnez plus aux vôtres l'exemple de la barbarie : vous les rendriez cruels. Vos cœurs ont toujours été sensibles ; consultez-les ; ils vous adresseront quelques reproches. Mais déja les larmes coulent de vos yeux ; j'en accepte l'augure. Jurez-moi donc que cette scene horrible est la derniere.

TOUT LE PEUPLE, *attendri.*

Nous le jurons ; mais restez parmi nous.

LE MARQUIS DE LA FAYETTE.

Soit, j'y consens.

M. BAILLI.

Dressons-en l'acte, et titrons-y ce jour de l'exemple de *la justice et du triomphe de l'humanité.*

(*Tout le peuple les reconduit avec la plus vive acclamation*).

Fin du cinquième et dernier Acte.

ERRATA.

Pag. 104 , *ligne* 7 , imagination ; *lisez* indignation.

www.ingramcontent.com/pod-product-compliance
Lightning Source LLC
Chambersburg PA
CBHW051550280626

47162CB00021B/1671